LES SORCIÈRES DE LIÈGE

Par Zufoxia Sora

Page de Copyright

© 2024 Zufoxia Sora

Ce livre est auto-édité via Kindle Direct Publishing (KDP).

Édition : BoD · Books on Demand, 31 avenue Saint-Rémy, 57600 Forbach, bod@bod.fr
Impression : Libri Plureos GmbH, Friedensallee 273, 22763 Hamburg (Allemagne)
ISBN : 978-2-3225-3899-7
Dépôt légal : Mars 2025

Table des matières

Prologue :

Dans les méandres des Ardennes belges, où les collines verdoyantes abritent des secrets oubliés, la ville de Liège se dresse comme un écho du passé. Sous ses façades médiévales et ses rues pavées, une énergie ancienne semble vibrer, imperceptible aux non-initiés. Les habitants, bien qu'ignorants pour la plupart, savent que la ville est un carrefour de légendes. Ici, les récits des macrales — ces sorcières des temps anciens — ne sont pas de simples histoires, mais des murmures d'un autre monde.

Au cœur de Liège, la Tour de la Sorcière, sombre et solitaire, domine le paysage. Construite il y a des siècles, elle est le théâtre de contes et de rumeurs. Certains disent qu'elle est maudite, d'autres qu'elle renferme des pouvoirs oubliés. La tour est aujourd'hui une relique de pierre, abandonnée et recouverte de lierre, mais son aura demeure. La nuit, sous la lumière argentée de la lune, elle semble presque vivante, comme si elle respirait au rythme des ombres qui l'entourent.

Depuis quelques semaines, des phénomènes étranges troublent la quiétude de Liège. Une brume inhabituelle, dense et persistante, s'installe chaque nuit, effaçant les contours de la ville. Les lampadaires vacillent sans raison, et des murmures semblent flotter dans l'air, portés par un vent glacial. Ces signes n'échappent pas aux anciens, qui murmurent que *« quelque chose se réveille »*.

Loin des mystères de la tour, Émilie mène une vie ordinaire. Liégeoise de naissance, elle a grandi au milieu des récits de sorcières que sa grand-mère lui racontait. Elle riait alors de ces légendes, les rangeant dans la catégorie des histoires pour enfants. Pourtant, une chose la lie à ce passé mystérieux : une amulette héritée de sa grand-mère. Ce bijou, simple à première vue, émet parfois une chaleur inattendue, un détail qu'Émilie a toujours balayé d'un revers de main, jusqu'à ce que des rêves étranges commencent à hanter ses nuits.

Dans ces visions, elle se tient dans une clairière baignée de lumière. Devant elle, un arbre colossal aux racines scintillantes plonge dans une obscurité insondable. Une voix douce mais insistante l'appelle par son prénom. Puis, des ombres surgissent, menaçantes, se tordant pour encercler l'arbre. La lumière vacille, et Émilie se réveille toujours au moment où l'obscurité semble l'engloutir.

Ce soir-là, la ville est plongée dans un silence inhabituel. Émilie, troublée par un nouveau rêve, observe la brume épaisse qui enveloppe son quartier. Dehors, tout semble figé, comme si le temps lui-même retenait son souffle. La lumière de l'amulette pulse doucement contre sa peau, comme un avertissement.

Un craquement résonne dans la rue, suivi d'une ombre furtive qui disparaît au coin d'une ruelle. Le cœur battant, Émilie reste immobile, luttant contre une envie instinctive de fuir. Finalement, elle se reprend et murmure pour elle-même : *« Ce n'est rien... sûrement un chat. »* Mais au fond d'elle, elle sait que ce n'est pas aussi simple.

Pendant ce temps, dans une clairière oubliée à la lisière d'un petit village, des racines anciennes frémissent sous la terre. Là où repose l'Arbor Aeternum, l'équilibre fragile entre lumière et ombre, une fissure imperceptible commence à s'élargir. Une énergie sombre s'échappe, se glissant dans l'air comme une fumée insidieuse. Les échos des temps anciens se réveillent, et les murmures des macrales oubliées semblent danser dans les vents nocturnes.

La nuit avance, et Liège semble retenir son souffle. Les ombres s'allongent, la brume s'épaissit, et une sensation d'inévitable s'installe dans l'air. Au-delà des collines, dans les profondeurs des Ardennes, un cri guttural résonne, faisant fuir les corbeaux perchés sur les arbres. Quelque chose s'est éveillé.

Émilie, encore plongée dans ses pensées, sent un frisson lui parcourir l'échine. Sans savoir pourquoi, elle attrape l'amulette et la serre dans sa main. Une chaleur rassurante s'en dégage, mais elle sait qu'elle ne peut plus ignorer l'étrangeté de la situation. Cette nuit marque le début d'un voyage qu'elle n'aurait jamais imaginé.

Car dans les profondeurs de Liège, où la lumière lutte pour survivre face à l'obscurité, une bataille se prépare. Et Émilie, qu'elle le veuille ou non, est au centre de cet affrontement.

Chapitre 1 : Les Mystères de Liège

Les pavés humides résonnaient sous les pas pressés d'Émilie alors qu'elle traversait les rues étroites et sinueuses de Liège. La ville, enveloppée dans une brume épaisse, semblait dissimuler ses secrets sous un voile mystérieux. Ce soir-là, quelque chose d'étrange planait dans l'air, une énergie presque palpable qui la poussait vers un lieu précis, comme un appel qu'elle ne pouvait ignorer.

Depuis son enfance, Émilie avait grandi en entendant des histoires sur les macrales, ces sorcières que l'on disait encore tapies dans les coins reculés de la région. Elle avait toujours écarté ces récits comme de simples légendes, mais à présent, la curiosité la dévorait. Il y avait quelque chose qu'elle devait découvrir, quelque chose d'inexpliqué qui semblait la lier à cette ville de manière bien plus profonde qu'elle ne l'avait jamais imaginé.

En traversant la Place du Marché, Émilie ralentit le pas, attentif aux chuchotements qui flottaient dans l'air nocturne. *« T'as entendu parler de la femme près de la tour ? »* « Une sorcière, j'te dis... » Les bribes de conversation lui parvenaient, attisant sa curiosité déjà brûlante. La vieille tour, appelée aujourd'hui la *Tour de la Sorcière*, avait toujours été enveloppée de mystère, mais jamais elle n'avait osé s'en approcher de si près.

Un bruit, à peine perceptible, lui parvint alors qu'elle s'apprêtait à tourner les talons. Un craquement, suivi d'une ombre furtive qui se glissait dans une ruelle adjacente. Son cœur s'emballa, mais plutôt que de fuir, elle sentit une détermination nouvelle se frayer un chemin en elle. « *Je dois en avoir le cœur net... »*, murmura-t-elle, résolue.

Arrivée devant la tour, Émilie leva les yeux. La structure de pierre, sombre et imposante, se dressait contre le ciel étoilé, comme un gardien des secrets de la ville. Une lumière vacillante dans l'une des fenêtres barricadées attira son attention. Un frisson lui parcourut l'échine, mais elle refusa de céder à la peur. Sa main tremblante poussa la porte en bois, qui s'ouvrit dans un grincement sinistre.

L'intérieur de la tour était sombre, humide, et chargé d'une odeur de terre ancienne. Les murs étaient couverts de mousse, et des symboles étranges, gravés dans la pierre, semblaient murmurer des secrets oubliés. Elle monta les marches en colimaçon, chaque pas résonnant comme une promesse non tenue.

Au sommet, une faible lumière éclairait une petite pièce circulaire. Des étagères croulantes sous le poids de vieux grimoires, des objets anciens jonchant le sol... et au centre, une silhouette encapuchonnée, immobile, comme si elle l'attendait.

« *Qui êtes-vous ? »* demanda Émilie, sa voix trahissant une légère nervosité.

La figure se tourna lentement, et dans l'obscurité, deux yeux brillants étincelèrent. « *Je suis la gardienne des secrets de cette ville,* » répondit-elle d'une voix douce mais empreinte d'une autorité indéniable. « *Les mystères de Liège sont anciens et dangereux. Es-tu prête à affronter ce que tu pourrais découvrir ?* »

Émilie sentit son cœur battre à tout rompre, mais une conviction nouvelle la poussa à répondre fermement : « *Oui.* »

La silhouette sembla sourire sous son capuchon. « *Alors suis-moi,* » dit-elle, se tournant vers un grimoire posé sur une vieille table en bois. Elle l'ouvrit, révélant des pages jaunies par le temps. « *Liège cache de nombreux secrets, mais ceux que tu cherches se trouvent au-delà de cette ville, dans les villages qui l'entourent. Un lieu, en particulier, attire ton destin : Bassenge. Les terres y sont anciennes, et les ombres qui les peuplent, encore plus...* »

Le nom résonna dans l'esprit d'Émilie. Bassenge... Un endroit dont elle avait entendu parler, mais sans jamais vraiment y prêter attention. Pourquoi ce village en particulier ?

« *Prépare-toi à un voyage, Émilie. Les réponses que tu cherches ne se trouvent pas ici, mais là-bas. Tu devras explorer les recoins les plus sombres de ces terres pour découvrir la vérité sur toi-même et sur l'histoire que tu es sur le point de vivre.* »

La jeune femme acquiesça, le cœur gonflé d'une détermination nouvelle. Elle quitta la tour avec un mélange de peur et d'excitation, prête à partir pour Bassenge dès l'aube. Tandis qu'elle descendait les escaliers de pierre, un sentiment de détermination naissait en elle. La nuit était encore jeune, et le voyage ne faisait que commencer.

Chapitre 2 : Le Secret de Bassenge

Le jour se levait à peine lorsque les premières lueurs du soleil effleurèrent les collines verdoyantes entourant le village de Bassenge. Émilie, encore sous l'effet des révélations de la veille, se tenait sur le seuil du village, le regard perdu dans les brumes matinales. La vieille tour de Liège lui paraissait déjà lointaine, mais le mystère qui l'entourait continuait de peser lourdement sur son esprit.

« Pourquoi Bassenge ? » se demanda-t-elle en ajustant la bandoulière de son sac. La gardienne des secrets avait été claire : la vérité qu'elle cherchait se trouvait ici, dans ce village reculé. Pourtant, en traversant les rues pavées et en observant les maisons de pierre aux toits de chaume, Émilie ne pouvait s'empêcher de ressentir une étrange tranquillité, comme si le temps lui-même s'était figé.

Elle avançait lentement, son regard capturant chaque détail des lieux : les jardins fleuris, les fenêtres aux volets clos, et les enfants jouant sous l'œil attentif de leurs grands-mères. C'était un contraste saisissant avec la tension mystique qui l'avait poussée à quitter Liège. Pourtant, quelque chose dans l'air de Bassenge la troublait, comme un murmure constant que seuls ses sens éveillés pouvaient percevoir.

Son chemin la mena naturellement vers le cœur du village, où se dressait un ancien temple abandonné. Les murs étaient recouverts de lierre, et les pierres semblaient porter le poids des siècles. Émilie hésita un instant avant de pousser la porte en bois, ses doigts frôlant les gravures mystérieuses qui l'ornaient. L'intérieur du temple était plongé dans l'obscurité, mais une faible lumière filtrait à travers une fenêtre brisée, projetant des ombres dansantes sur les murs ornés de symboles anciens.

Elle fit un pas en avant, puis un autre, s'enfonçant dans le silence oppressant de l'édifice. Chaque pas résonnait, amplifiant l'écho de ses pensées. Des inscriptions runiques parcouraient les murs, et des artefacts poussiéreux reposaient sur des autels oubliés. Le lieu semblait imprégné de l'énergie de ceux qui avaient autrefois pratiqué la magie ici, une énergie à la fois fascinante et intimidante.

Alors qu'elle explorait les recoins du temple, Émilie remarqua un vieux grimoire partiellement enfoui sous des débris. En le dégageant, elle sentit une vague de chaleur l'envahir. Elle l'ouvrit délicatement, découvrant des pages remplies de symboles ésotériques et de dessins mystérieux. Son cœur s'accéléra lorsqu'elle réalisa que ce livre contenait peut-être les réponses qu'elle cherchait.

C'est à ce moment-là qu'une voix douce, presque mélodieuse, brisa le silence. Émilie se retourna brusquement, découvrant une femme âgée debout dans l'encadrement de la porte. Elle portait une robe ornée de motifs mystiques, et son regard était empreint de sagesse et de bienveillance.

« *Bonjour, jeune fille,* » dit la femme d'une voix apaisante. « *Je suis Betty, une sorcière de ces terres depuis de nombreuses années. Je sens que tu es à la recherche de quelque chose. Peut-être puis-je t'aider à trouver ce que tu cherches.* »

Émilie, surprise par cette apparition soudaine, se sentit étrangement en confiance. Il y avait quelque chose de familier chez cette femme, quelque chose qui lui disait qu'elle pouvait lui faire confiance.
« *Je m'appelle Émilie,* » répondit-elle, tentant de dissimuler sa nervosité. « *Je cherche à comprendre le mystère de Bassenge... et peut-être aussi à découvrir qui je suis vraiment.* »

Betty hocha la tête avec un sourire énigmatique. « *Il y a beaucoup à apprendre ici, Émilie. Les secrets de Bassenge sont anciens et profonds, et leur compréhension nécessite du temps et de la patience. Mais je peux t'aider à démêler les fils de ce mystère.* »

Émilie lui tendit le grimoire, ses mains tremblant légèrement. « *Ce livre... il contient des symboles que je ne comprends pas. Pouvez-vous m'aider à les déchiffrer ?* »

Betty prit le grimoire avec une délicatesse respectueuse, ses yeux parcourant les pages jaunies. « *Ce que tu tiens entre tes mains est plus qu'un simple livre, c'est un guide vers une vérité oubliée. Ces symboles racontent une histoire ancienne, celle de nos ancêtres, des sorcières et des druides qui ont façonné ce que nous sommes aujourd'hui.* »

Elle leva les yeux vers Émilie, son regard perçant. « *Mais ce n'est pas ici que nous trouverons toutes les réponses. Suis-moi, il y a un endroit où les esprits de nos ancêtres parlent plus fort, où les secrets de Bassenge sont les plus proches de la surface.* »

Sans attendre de réponse, Betty se dirigea vers la sortie du temple. Émilie, hésitante mais curieuse, la suivit. Elles marchèrent en silence à travers le village, les maisons pittoresques laissant progressivement place à des sentiers plus sauvages. Les arbres, imposants et anciens, formaient un couvert épais, plongeant le chemin dans une semi-obscurité. Le chant des oiseaux se mêlait au bruissement des feuilles, créant une mélodie naturelle qui apaisait l'esprit.

« *Où allons-nous ?* » demanda Émilie après un moment.

Betty ne se retourna pas, mais sa voix résonna doucement à travers la forêt. « *Nous nous dirigeons vers un lieu sacré, un sanctuaire oublié où les forces de la nature sont les plus puissantes. C'est là que tu commenceras à comprendre qui tu es, et ce que Bassenge peut te révéler.* »

Le chemin devint de plus en plus escarpé, les racines des arbres semblant vouloir entraver leur progression. Émilie sentait son cœur battre à un rythme irrégulier, non pas à cause de l'effort, mais à cause de l'anticipation. Elle sentait qu'un changement important était sur le point de se produire, que ce voyage la transformerait à jamais.

Finalement, après ce qui sembla être une éternité, elles atteignirent le sommet d'une colline. Devant elles, un cercle de pierres anciennes se dressait fièrement sous le ciel bleu, leur surface gravée de symboles mystérieux. Émilie sentit une onde de puissance la traverser alors qu'elle s'approchait du centre du cercle, son esprit s'ouvrant aux secrets enfouis de la terre.

Betty s'arrêta à l'orée du cercle, observant Émilie avec une bienveillance silencieuse. La jeune femme ferma les yeux et se concentra, laissant son esprit vagabonder. Des images et des sensations lui vinrent, révélant des fragments de vérité qui avaient été cachés depuis des siècles.

Les mots de la gardienne de Liège résonnèrent alors dans son esprit : « *Liège cache de nombreux secrets, mais ceux que tu cherches se trouvent au-delà de cette ville, dans les villages qui l'entourent...* » Elle comprit soudainement que son voyage ne faisait que commencer, et que les mystères de Bassenge étaient bien plus anciens et complexes qu'elle ne l'avait imaginé.
Elle rouvrit les yeux et se tourna vers Betty, déterminée. « *Je suis prête,* » déclara-t-elle.

Betty acquiesça, un sourire mystérieux aux lèvres. « *Alors, laisse les esprits te guider, Émilie. La vérité que tu cherches est enfouie profondément dans ces terres, et tu devras être prête à tout sacrifier pour la découvrir.* »

Émilie inspira profondément, sentant la force des anciens druides et sorcières l'envahir. Elle savait maintenant que sa quête ne faisait que commencer, et que le chemin qui l'attendait serait semé d'embûches. Mais elle était prête, prête à découvrir la vérité sur elle-même et sur le monde qu'elle était sur le point de plonger dans l'inconnu.

Chapitre 3 : À la Recherche des Anciens Mystères

L'aube se levait à peine lorsque Émilie et Betty quittèrent le village de Bassenge, leurs pas résonnant sur le sol humide. Le silence de la forêt environnante n'était troublé que par le chant matinal des oiseaux, et pourtant, une tension palpable flottait dans l'air. Émilie sentait son cœur battre plus fort à chaque pas, son esprit enivré par l'excitation de l'inconnu.

« *Ce lieu que nous allons découvrir...* » commença Émilie, jetant un regard curieux vers Betty, « *il est vraiment aussi ancien que tu le dis ?* »

Betty, marchant d'un pas assuré, acquiesça sans un mot, ses yeux rivés sur le sentier devant elles. Les arbres autour d'elles se faisaient de plus en plus denses, leurs branches s'entremêlant pour former un couvert si épais que les rayons du soleil avaient du mal à percer.

« *Oui, il l'est. Ce sanctuaire a vu passer bien des générations avant nous. Les druides qui s'y rendaient cherchaient à comprendre les forces de la nature, à maîtriser les secrets enfouis dans ces terres.* » La voix de Betty était basse, presque respectueuse, comme si elle parlait d'un lieu sacré.

Émilie ne put s'empêcher de frissonner en entendant ces mots. Depuis son arrivée à Bassenge, elle avait l'impression de toucher du doigt quelque chose de plus grand qu'elle, une vérité cachée qui attendait d'être révélée. Mais avec cette sensation venait aussi une certaine appréhension, une peur diffuse de ce qu'elle pourrait découvrir.

Le chemin devint plus escarpé, obligeant Émilie à se concentrer sur chaque pas pour ne pas trébucher sur les racines traîtresses qui surgissaient du sol. Pourtant, malgré la difficulté de la marche, elle sentait une énergie nouvelle circuler en elle, comme si chaque pas la rapprochait un peu plus de sa destinée.

Après une montée difficile, elles atteignirent enfin le sommet de la colline. Là, devant elles, se dressait un cercle de pierres imposantes, chacune gravée de symboles anciens que le temps n'avait pas effacés. Émilie resta un instant immobile, subjuguée par la puissance mystique qui émanait de ce lieu.

« *C'est ici,* » murmura Betty, s'avançant vers le cercle de pierres. « *Ici que les druides venaient pour communier avec les esprits de la terre. Et c'est ici que tu commenceras à comprendre ta véritable nature, Émilie.* »

Émilie s'approcha, ses doigts effleurant la surface d'une des pierres. Un frisson la traversa alors qu'elle fermait les yeux, se laissant envahir par les sensations. Des images fugitives défilèrent dans son esprit : des hommes en robes blanches, psalmodiant autour du cercle, des feux qui dansaient dans la nuit, et des échos de chants anciens qui semblaient résonner à travers les siècles.

« *Qu'est-ce que c'est...* » murmura-t-elle, troublée par la clarté de ces visions.

Betty posa une main rassurante sur son épaule. « *Ce que tu vois, ce sont des fragments du passé, des souvenirs enfouis dans ces pierres. Les druides savaient que le temps n'est qu'une illusion, que tout ce qui a été reste inscrit dans la mémoire de la terre.* »

Émilie ouvrit les yeux, le cœur battant. « *Mais pourquoi moi ? Pourquoi est-ce que je ressens tout cela ?* »

Betty la fixa intensément, comme si elle pesait ses mots. « *Parce que tu es liée à ces terres bien plus que tu ne le penses. Le sang qui coule dans tes veines porte l'héritage des anciens, et c'est cet héritage qui t'a appelée ici.* »

Ces paroles résonnèrent profondément en Émilie. Elle avait toujours senti qu'elle était différente, que quelque chose d'invisible la liait aux mystères de ce monde. Mais entendre ces mots de la bouche de Betty renforça cette conviction. Elle n'était pas simplement une curieuse en quête de vérité ; elle était une héritière, une gardienne des secrets de ces terres.

Betty se tourna alors vers le centre du cercle et fit signe à Émilie de la suivre. « *Il est temps pour toi de voir ce qui se cache sous la surface. Ce sanctuaire n'est pas qu'un lieu de mémoire, c'est aussi une porte vers un autre monde, un monde où la magie est encore vivante.* »

Sans un mot, Émilie s'avança, ressentant une force mystérieuse l'attirer vers le centre du cercle. Là, sous ses pieds, la terre semblait vibrer, comme une respiration profonde et ancienne. Betty commença à murmurer des incantations, des mots dans une langue que l'esprit d'Émilie reconnaissait vaguement, comme s'ils faisaient écho à une époque lointaine.

Soudain, le sol sous leurs pieds se mit à trembler légèrement, et une lumière dorée émana des pierres, entourant le cercle d'un halo lumineux. Émilie se sentit envahie par une énergie puissante, une force qui semblait à la fois la protéger et la transformer. Les symboles gravés sur les pierres se mirent à briller, comme si le sanctuaire lui-même répondait à l'appel de Betty.

« *Reste calme,* » murmura Betty, sa voix à peine audible dans le bourdonnement croissant de l'énergie. « *Ce que tu ressens, c'est la magie des anciens, une force qui a traversé les âges. Elle va te montrer le chemin.* »

Émilie ferma les yeux, se laissant emporter par cette force. Des visions l'assaillirent, plus nettes cette fois : une ancienne prophétie, des batailles entre la lumière et les ténèbres, et la figure d'un élu, un être destiné à restaurer l'équilibre dans le monde. Chaque image était si vive, si réelle, qu'Émilie avait l'impression de vivre ces événements en temps réel.

Et puis, aussi soudainement que cela avait commencé, la lumière s'éteignit et le silence retomba. Émilie rouvrit les yeux, le cœur battant encore à tout rompre. Autour d'elle, le cercle de pierres semblait à nouveau endormi, mais elle savait que quelque chose avait changé en elle.

Betty la regarda avec une intensité nouvelle. « *Tu as vu ce que peu de gens sont capables de voir. Maintenant, tu comprends ce qui est en jeu, n'est-ce pas ?* »

Émilie hocha la tête, encore sous le choc des visions. « *Oui, je comprends. Mais comment suis-je censée accomplir tout cela ?* »

Betty sourit, un sourire empreint de sagesse. « *Tu n'es pas seule dans cette quête, Émilie. Il y a d'autres personnes, d'autres forces qui veillent sur toi. Et moi, je serai à tes côtés pour t'aider à trouver les réponses dont tu as besoin.* »

Émilie inspira profondément, sentant un mélange de peur et de détermination grandir en elle. Elle savait maintenant que son voyage ne faisait que commencer, et que les épreuves qui l'attendaient seraient nombreuses. Mais elle était prête à les affronter, prête à découvrir la vérité et à protéger ceux qu'elle aimait.

« *Merci, Betty,* » dit-elle finalement, sa voix pleine de gratitude.

« *Le chemin sera difficile,* » répondit Betty, « *mais n'oublie jamais que la lumière finit toujours par triompher des ténèbres. Ensemble, nous trouverons un moyen de restaurer l'équilibre.* »

Émilie acquiesça, le regard tourné vers l'horizon où le soleil commençait à monter dans le ciel. Elle savait qu'elle ne pourrait plus jamais revenir en arrière, que la voie qu'elle avait choisie était celle d'une guerrière de la lumière, d'une gardienne des secrets ancestraux. Et tandis qu'elles quittaient le cercle de pierres, elle sentit une nouvelle force en elle, une force qui la porterait dans les batailles à venir.

Chapitre 4 : Les Portes de l'Obscurité

Alors qu'Émilie et Betty redescendaient de la colline sacrée, une étrange sensation s'empara d'elles. La lumière du jour, qui baignait encore les environs quelques instants plus tôt, sembla se dissiper, cédant la place à une brume épaisse et sinistre qui envahissait le village de Bassenge. Les arbres, autrefois protecteurs, semblaient maintenant tordre leurs branches comme des doigts crochus prêts à saisir les imprudents. Les ombres dansaient sur les murs des maisons, semblant se mouvoir de leur propre volonté.

« Quelque chose ne va pas, » murmura Émilie, resserrant son étreinte sur le bâton de marche qu'elle avait ramassé en chemin. Ses sens étaient en alerte, chaque fibre de son être criant au danger imminent.

Betty, à ses côtés, fronça les sourcils. *« C'est comme si la colline avait réveillé une force que nous n'avions pas prévue... Nous devons être prudentes. »* Elles accélérèrent le pas, se dirigeant vers le centre du village, mais à leur grande surprise, les rues étaient désertes, d'un silence oppressant.

Émilie jeta des regards autour d'elle, ses yeux scrutant chaque fenêtre fermée, chaque porte barricadée. Il n'y avait aucune trace des habitants. Même les animaux semblaient avoir fui, laissant un vide terrifiant derrière eux.

Soudain, un cri perçant déchira l'air, résonnant à travers les rues désertes. C'était un son déchirant, empreint de peur et de désespoir. Émilie et Betty échangèrent un regard inquiet avant de se précipiter vers l'origine du cri, leurs cœurs battant la chamade.

En arrivant sur la place du village, elles découvrirent une scène cauchemardesque : une faille béante s'était ouverte en plein milieu de la place, dégageant des volutes de ténèbres tourbillonnantes. La terre autour de la faille semblait se désagréger, aspirée par le vide infini qui s'étendait en dessous. Des murmures inquiétants s'élevaient des profondeurs, comme des appels envoûtants, attirant irrésistiblement quiconque osait les écouter.

Émilie sentit une sueur froide couler le long de sa colonne vertébrale. *« Qu'est-ce que c'est ? »* demanda-t-elle, sa voix à peine plus qu'un souffle.

Betty s'approcha prudemment du bord de la faille, ses yeux plissés de concentration. *« C'est une porte vers les ténèbres... Un passage que seules les forces les plus sombres peuvent ouvrir. »*

Mais à peine avait-elle prononcé ces mots qu'une créature émergea des ténèbres. Une silhouette indistincte, faite d'ombre pure, avec des yeux rouges étincelants. La créature laissa échapper un rugissement guttural, faisant trembler le sol sous leurs pieds.

Émilie se tendit, ressentant l'urgence de la situation. Elle serra plus fermement son bâton, sentant la magie qu'elle avait à peine commencé à maîtriser pulser en elle. Betty, quant à elle, murmura des incantations, levant une main pour former un bouclier protecteur autour d'elles.

La créature attaqua sans prévenir, se jetant sur elles avec une vitesse fulgurante. Émilie esquiva de justesse, le souffle court, tandis que Betty contrait l'assaut avec une vague d'énergie mystique qui repoussa la créature en arrière.

« Nous devons affaiblir cette créature avant qu'elle n'ouvre la faille plus largement ! » cria Betty, les yeux rivés sur le monstre qui se redressait déjà pour une nouvelle attaque.

Émilie acquiesça, se forçant à rester concentrée malgré la peur qui la paralysait. Elle courut autour de la faille, cherchant un moyen de contenir la créature. C'est alors qu'elle aperçut une pierre ancienne, gravée de symboles similaires à ceux qu'elle avait vus dans le sanctuaire sur la colline.

« Là ! » cria-t-elle en pointant du doigt la pierre. *« Utilisons sa puissance pour affaiblir la créature ! »*

Betty hocha la tête et, d'un geste rapide, dévia une nouvelle attaque de la créature avant de se précipiter vers la pierre avec Émilie. Ensemble, elles commencèrent à réciter les incantations que Betty avait apprises des anciens grimoires. Les mots coulaient de leurs lèvres, portés par une force invisible qui résonnait dans l'air autour d'elles.

La créature, sentant le danger, se redressa et chargea à nouveau, mais cette fois, Émilie se tint prête. Elle tendit les mains devant elle, laissant la magie jaillir de ses paumes. Une lumière éclatante surgit, enveloppant la créature et l'immobilisant sur place. Le monstre lutta, ses rugissements se faisant plus furieux, mais la lumière continuait de croître, la brûlant de l'intérieur.

Cependant, malgré leurs efforts, la faille continuait de pulser, comme un cœur maléfique. Les murmures des ténèbres se faisaient plus forts, plus insistants, promettant la libération de forces bien plus terrifiantes.

« Nous ne pouvons pas les laisser franchir cette faille ! » cria Émilie, sa voix tremblant d'émotion.

Betty, les yeux rivés sur la faille, hocha la tête, son visage marqué par la détermination. *« Alors, il est temps de faire face à ce qui se cache derrière ces portes. »*

Sans un mot de plus, Émilie et Betty se préparèrent à franchir la faille. Elles savaient que de l'autre côté les attendait un abîme de ténèbres et de danger. Mais elles savaient aussi que pour sauver Bassenge, elles devaient affronter ce qui se cachait derrière ces portes.

Guidées par leur courage et leur détermination, Émilie et Betty franchirent la faille, plongeant dans l'abîme des ténèbres pour affronter leur destin. Les portes de l'obscurité s'étaient ouvertes, libérant des forces maléfiques que seule une alliance sacrée pouvait espérer vaincre. La bataille pour le salut de Bassenge venait de commencer, et Émilie était prête à se battre jusqu'au bout pour protéger ce qu'elle aimait.

Chapitre 5 : La Lueur d'Espoir

Plongeant dans la faille béante, Émilie et Betty furent immédiatement enveloppées par une obscurité oppressante. Une lourdeur étrange pesait sur leurs corps, comme si chaque pas dans cette dimension obscure aspirait leur énergie. Autour d'elles, des murmures indistincts et des formes mouvantes rendaient l'air encore plus lourd de menace.

Émilie sentit son cœur s'emballer. L'air était glacial et sec, chaque respiration devenait laborieuse. Betty, à ses côtés, murmurait des incantations, créant une lueur protectrice autour d'elles, mais même cette lumière semblait s'effriter sous la pression des ténèbres.

« *Nous devons trouver le centre du pouvoir de cette faille* », souffla Betty. « *C'est la seule manière de la refermer.* »

Tandis qu'elles avançaient prudemment, des ombres se formèrent devant elles, des silhouettes grotesques émergeant lentement du néant. Leurs yeux rouges scintillaient dans la noirceur, fixant Émilie avec une haine palpable.

Betty ne perdit pas une seconde. Elle leva la main et, d'un geste précis, projeta une barrière de lumière qui repoussa les créatures. « *Ne les laisse pas t'atteindre* », dit-elle d'une voix dure, mais calme. Émilie, bien que terrifiée, se força à rester concentrée.

Un choc violent se produisit alors que l'une des créatures percuta la barrière. D'autres suivirent, des griffes éthérées frappant contre la lumière, chaque impact affaiblissant un peu plus la protection. Émilie, à bout de souffle, sentit son pouvoir commencer à s'éveiller de nouveau, pulsant avec intensité.

Je ne peux pas échouer maintenant, pensa-t-elle, se souvenant des paroles de Betty et de la bataille à venir. Elle savait qu'elle n'avait pas le choix.

Une lueur éclatante jaillit soudainement de ses mains. Un éclair de lumière pure perça les ténèbres, forçant les créatures à reculer. « *Je peux les retenir... Mais il faut agir vite !* » cria Émilie, sa voix vibrante d'énergie nouvelle.

Betty, voyant l'opportunité, commença à tracer des symboles dans l'air, des runes mystiques s'illuminant progressivement autour d'elles. Chaque symbole projetait une lumière dorée, érodant petit à petit la noirceur qui les entourait. Mais les créatures revenaient sans cesse, comme si la faille ne cessait de les engendrer.

« *Nous devons aller plus loin* », fit remarquer Betty, sa voix tendue par l'effort. « *Le cœur de la faille est plus profond.* »

Guidées par leur instinct et la lumière vacillante de leurs pouvoirs combinés, elles avancèrent encore plus profondément dans l'abîme. Là, elles trouvèrent enfin ce qu'elles cherchaient : une vaste pierre levée, gravée de runes anciennes qui pulsaient au même rythme que la faille. C'était le point focal de toute cette énergie maléfique.

Émilie s'approcha de la pierre. « *C'est ici... C'est ici que tout se joue.* » Son cœur battait la chamade, mais elle sentait une force nouvelle l'envahir. Le pouvoir de la faille s'opposait à elle, mais son lien avec la terre et les symboles devenait de plus en plus tangible.

Avec une concentration intense, elle posa ses mains sur la pierre. Betty, derrière elle, récita les incantations nécessaires pour sceller la faille, mais elles savaient toutes les deux que cela ne suffirait pas. Émilie devait canaliser son énergie dans ce point central.

Les créatures se jetèrent à nouveau sur elles, mais cette fois, Émilie ne vacilla pas. Elle ferma les yeux, plongeant dans une méditation profonde, se connectant à la terre, aux pierres, et à l'énergie qui circulait sous la surface. Sa magie se déploya, irradiant à partir de ses mains posées sur la pierre. Une lumière blanche aveuglante surgit, projetant les créatures loin d'elles.

Le sol sous leurs pieds trembla. Un grondement sourd monta des profondeurs de la faille. Betty, les yeux rivés sur les runes, sentit le moment décisif approcher. « *C'est maintenant ! Fais-le, Émilie !* »

Dans un cri de défi, Émilie libéra toute l'énergie qu'elle avait accumulée, plongeant son pouvoir dans la pierre. La lumière émanant d'elle s'intensifia jusqu'à engloutir la faille tout entière. Un hurlement monstrueux s'éleva des profondeurs, mais bientôt, les ténèbres se contractèrent, aspirées par cette lumière éblouissante.

Puis, soudainement, tout s'arrêta.

La faille se referma dans un dernier grondement. Les ténèbres disparurent, laissant derrière elles un calme presque irréel.

Émilie et Betty tombèrent à genoux, épuisées mais victorieuses. La lumière du jour, faible mais réconfortante, commença à filtrer à travers les nuages sombres qui avaient englouti Bassenge.

Lorsque Émilie leva les yeux, elle vit les villageois sortir timidement de leurs maisons, leurs visages marqués par la peur et l'inquiétude. Mais dans leurs regards, elle pouvait voir la reconnaissance.

Betty, à bout de souffle, posa une main sur l'épaule d'Émilie. « *Tu l'as fait* », dit-elle doucement.

Émilie acquiesça, épuisée mais pleine d'une nouvelle détermination. « *Mais ce n'est que le début... D'autres menaces nous attendent.* »

Un silence accueillit ces mots, mais il n'y avait plus de doute dans son esprit. Elle avait gagné cette bataille, mais elle savait que d'autres conflits se profilaient à l'horizon. Bassenge était sauvé pour l'instant, mais les ténèbres n'avaient pas encore dit leur dernier mot.

Chapitre 6 : Les Secrets de Verlaine

Après avoir sauvé Bassenge des ténèbres, Émilie ressentait un besoin pressant de mieux comprendre l'origine de la magie qui circulait en elle. Malgré la victoire qu'elle et Betty avaient obtenue contre les forces obscures, une certitude s'imposait : ce n'était que le début. La victoire avait été durement acquise, mais elle savait que d'autres mystères entouraient son héritage et que sa quête ne faisait que commencer.

La gardienne des secrets lui avait mentionné un autre village : Verlaine, réputé pour son lien étroit avec le monde de la sorcellerie. Animée par l'envie de découvrir ses propres racines magiques, Émilie se rendit donc dans ce village voisin, à la recherche de réponses.

Verlaine se révéla bien différent de Bassenge. Là où Bassenge semblait caché sous une lourde ombre mystérieuse, Verlaine brillait d'une énergie mystique vibrante et palpable. Les maisons, aux façades anciennes, étaient ornées de symboles mystérieux, gravés dans le bois et la pierre. Dans l'air flottait une odeur d'herbes fraîches et de terre humide, mêlée aux effluves de potions et d'encens. Ici, la magie n'était pas seulement une rumeur ou une légende, elle faisait partie intégrante de la vie quotidienne.

Dès son arrivée, Laurence, une jeune femme fascinante au style unique, accueillit chaleureusement Émilie. Laurence avait des cheveux d'un châtain presque doré qu'elle aimait teindre de couleurs vives comme le rouge ou le violet. Ses yeux changeaient de teinte, passant du gris au vert en fonction de la lumière. Elle irradiait une aura mystérieuse, mais sa voix douce et chaleureuse mit immédiatement Émilie à l'aise.

« Verlaine t'attendait, tu sais. La magie ici t'a sentie venir », dit Laurence en souriant. *« Viens, je vais te présenter ma mère. Elle saura sûrement répondre à certaines de tes questions. »*

Chez Laurence, elles furent accueillies par sa mère, une sorcière sage et bienveillante, au regard perçant et aux gestes empreints d'une grande maîtrise. Autour d'une grande table encombrée de potions, d'herbes séchées, et de cristaux scintillants, elles discutèrent longuement des secrets ancestraux qui régissaient leur monde.

« La magie ne vit pas en dehors de nous », expliqua la mère de Laurence en tendant un cristal vers Émilie. *« Elle est en nous, mais elle fait partie d'un tout plus grand. La terre, l'air, l'eau, le feu, tout est lié. Tu dois apprendre à respecter ces forces si tu veux maîtriser tes pouvoirs. »*

Émilie fut fascinée par la simplicité et la profondeur des paroles de cette femme. Elle comprenait mieux pourquoi elle avait toujours ressenti un lien particulier avec la nature. Elle se plongea alors dans l'étude des grimoires que Laurence et sa mère lui prêtèrent. Chaque nuit, elle parcourait leurs pages, découvrant des rituels oubliés, des incantations millénaires, et des légendes anciennes qui semblaient se relier à son propre héritage.

Malgré les moments de paix à Verlaine, Émilie ne pouvait échapper à une ombre pesante. Betty l'avait prévenue : les ténèbres qu'elles avaient affrontées à Bassenge n'étaient pas totalement vaincues. Et bien qu'elle se soit sentie plus forte depuis sa victoire, elle savait que d'autres batailles l'attendaient.

Un après-midi, lors d'un rituel dans la forêt dense qui entourait Verlaine, Émilie sentit un frisson parcourir son échine. Les arbres semblaient plus sombres, et les bruits de la forêt étaient étouffés, comme si une présence inquiétante rôdait autour d'elles. Laurence, à ses côtés, remarqua aussi l'étrange atmosphère.

« Tu sens ça ? », murmura Laurence, tendue. *« Quelque chose ne va pas... »*

Soudain, des ombres commencèrent à s'étirer autour d'elles, se déplaçant comme des serpents noirs, menaçants. Le ciel, pourtant clair quelques instants plus tôt, s'assombrit, et l'air se fit glacial. Émilie échangea un regard avec Laurence avant de se préparer à défendre leur position.

« Les ténèbres... Elles sont revenues », murmura Laurence, les yeux plissés.

Émilie savait que ce moment viendrait. Mais contrairement à Bassenge, elle se sentait mieux préparée. Elle leva les mains et laissa la magie s'écouler d'elle, une barrière de lumière apparut, repoussant les ombres menaçantes. Laurence, impressionnée par la maîtrise d'Émilie, joignit son propre pouvoir, renforçant la barrière.

Les ombres semblèrent hésiter, s'enroulant autour de la barrière comme des serpents avant de se précipiter de nouveau contre elle. Mais cette fois, Émilie ne fléchit pas. Elle se concentra et canalisa sa magie plus efficacement qu'elle ne l'avait jamais fait auparavant. La lumière qu'elle dégagea fut si intense que les ombres furent instantanément réduites en cendres.

« *Tu es forte* », murmura Laurence, admirative.

Essoufflée mais victorieuse, Émilie comprit que son entraînement portait ses fruits. Pourtant, cette victoire soulevait d'autres questions. Pourquoi ces ténèbres continuaient-elles de les suivre ? Qu'est-ce qui les attirait précisément à Verlaine ? La réponse à ces questions semblait encore échapper à Émilie.

De retour au village, Émilie se plongea encore plus profondément dans ses études. Elle commençait à déchiffrer de plus en plus de symboles et à se familiariser avec les rituels ancestraux que les sorcières de Verlaine avaient transmis de génération en génération.

Une nuit, alors qu'Émilie méditait près d'un autel en pierre sous la lueur de la lune, une pensée s'imposa à elle : peut-être que les ténèbres qu'elles combattaient n'étaient pas simplement un ennemi extérieur. Peut-être faisaient-elles partie d'un équilibre plus vaste. Un équilibre que, jusqu'ici, elle n'avait pas encore compris.

Elle décida alors de retourner voir Laurence et sa mère le lendemain matin. Ensemble, elles explorèrent cette idée, cherchant des indices dans les anciens grimoires. Les réponses se dévoilaient lentement, mais une chose était claire : Émilie était sur le point de découvrir des vérités bien plus anciennes et puissantes qu'elle ne l'aurait imaginé.

« Nous devons continuer d'apprendre et de nous préparer », dit Laurence avec détermination. *« Ce qui nous attend est encore plus grand que tout ce que nous avons affronté jusqu'ici. »*

Émilie acquiesça. Elle sentait que son voyage ne faisait que commencer, mais cette fois, elle savait qu'elle n'était plus seule.

Chapitre 7 : Les Épreuves de la Destinée

Alors que le village de Verlaine s'endormait sous une nuit calme, Émilie restait éveillée, incapable de trouver le sommeil. Son esprit bouillonnait d'interrogations, alimenté par les récits de sorcellerie qu'elle avait découverts, et les mystères de son propre héritage. Elle sentait qu'elle n'avait fait qu'effleurer la surface de ses pouvoirs, et elle était désormais déterminée à les maîtriser pleinement.

Le lendemain, dès l'aube, Émilie rejoignit Laurence pour poursuivre son entraînement. Ce jour-là marquerait le début de sa véritable immersion dans la magie ancestrale de Verlaine, un lieu chargé de mythes et de légendes qui allaient devenir essentiels pour sa progression. Laurence avait préparé un programme spécial, guidé par les traditions des anciennes sorcières.

Le premier lieu d'entraînement fut la forêt de Verlaine, réputée pour abriter des esprits protecteurs qui, selon la légende, avaient autrefois aidé les sorciers et sorcières locaux à canaliser leur magie. La légende raconte que les arbres eux-mêmes étaient les témoins d'anciens rituels, et qu'en communiquant avec la terre, les sorcières pouvaient y puiser une force incommensurable.

Laurence guida Émilie vers un chêne plusieurs fois centenaire, un arbre sacré dont les racines s'étendaient profondément dans le sol. Elles s'assirent à son pied, et Laurence murmura :

« Ici, la nature te parlera si tu l'écoutes attentivement. Tu apprendras à entendre le souffle de la terre. »

Émilie ferma les yeux et tenta de se connecter avec les éléments autour d'elle. Après quelques instants de concentration, elle ressentit une vibration subtile émanant du sol. C'était une pulsation régulière, semblable à un cœur battant doucement sous la surface. Elle inspira profondément, laissant cette énergie la traverser, fusionnant avec son propre flux magique.

« Ressens-tu cette force ? » demanda Laurence en souriant.

Émilie hocha la tête. Elle avait l'impression que quelque chose en elle s'ouvrait enfin, comme une porte qui s'était déverrouillée. Elle s'exerça à manipuler cette énergie, d'abord pour créer de légers mouvements dans l'air, puis pour modeler la lumière autour d'elle, formant des halos lumineux flottant dans l'espace. Elle se sentait de plus en plus en phase avec cette énergie naturelle.

Le jour suivant, Laurence emmena Émilie vers un autre lieu mystérieux : les ruines du Château de Seraing-le-Château. Cet endroit, autrefois témoin de batailles entre les sorciers et les forces obscures, était réputé pour sa charge énergétique. Les pierres, autrefois imprégnées de sortilèges de protection, pulsaient encore d'une magie résiduelle.

« *C'est ici que tu devras apprendre à maîtriser ta défense magique,* » déclara Laurence. « *Les sorcières d'autrefois ont laissé une trace de leur passage. Si tu écoutes bien, tu pourras puiser dans cette force.* »

Sous l'œil attentif de Laurence, Émilie entreprit de lever des boucliers magiques pour se protéger des attaques fictives. L'énergie des lieux semblait répondre à ses appels, et à chaque bouclier qu'elle érigeait, elle ressentait une nouvelle vague de puissance. Petit à petit, elle renforça ses barrières, apprenant à résister à des assauts imaginaires que Laurence simulait avec des jets d'énergie.

Au bout de plusieurs heures d'entraînement, Émilie était épuisée mais satisfaite. Elle avait réussi à maintenir ses boucliers sous pression sans faiblir. Cependant, elle savait que d'autres défis l'attendaient.

Le jour suivant, Laurence la mena au ruisseau de la Sorcière, situé non loin du château. Selon la légende locale, ce ruisseau avait été formé par les larmes d'une puissante sorcière, trahie par ses semblables. C'était un lieu imprégné d'une magie ancienne, où l'eau elle-même était réputée pour guérir ou amplifier les pouvoirs magiques. Laurence expliqua à Émilie que ce lieu était idéal pour travailler la fluidité de ses pouvoirs.

Émilie s'agenouilla au bord de l'eau et plongea ses mains dans le ruisseau. L'eau fraîche lui procura une sensation de calme, mais aussi d'immense pouvoir. Sous les conseils de Laurence, elle se concentra pour manipuler les flux d'énergie à travers l'eau. Rapidement, elle parvint à créer de petites vagues qui se déplaçaient selon sa volonté. L'entraînement devint plus intense à mesure qu'elle réussissait à manier les courants d'eau et à en tirer des éclats de lumière.

En fin de journée, Émilie se sentait plus forte que jamais. Son contrôle sur les éléments se développait à une vitesse qu'elle n'aurait jamais imaginée. Elle savait néanmoins qu'il restait encore beaucoup à accomplir.

Le dernier jour de la semaine d'entraînement, Laurence conduisit Émilie aux ruines du Château de Verlaine, un lieu chargé d'histoire et de magie. C'était ici que, selon la légende, des batailles entre les sorciers locaux et des créatures fantastiques avaient eu lieu, laissant une empreinte indélébile dans l'air et la terre. Ce château, à l'abandon depuis des siècles, était maintenant un sanctuaire pour les praticiens de la magie.

« *C'est ici que tu testeras ta force intérieure,* » déclara Laurence en désignant les ruines majestueuses.

Dans cet endroit chargé de symbolisme, Émilie s'entraîna à invoquer des protections et à canaliser ses émotions les plus profondes pour renforcer sa magie. Les échos du passé semblaient résonner autour d'elle, et à chaque sort, elle se sentait plus en phase avec l'histoire ancienne des sorciers qui avaient autrefois foulé ces terres.

Chaque lieu visité durant son entraînement avait contribué à renforcer ses compétences. Émilie sentait désormais une connexion profonde avec la magie qui imprégnait Verlaine, et savait qu'elle était prête à affronter les épreuves futures. Laurence, qui l'avait observée tout au long de ces journées, était impressionnée par ses progrès.

« *Tu es devenue plus forte que je ne l'aurais imaginé,* » déclara Laurence en souriant. « *Mais rappelle-toi, la véritable puissance vient de la maîtrise de soi autant que des éléments qui t'entourent.* »

Émilie acquiesça. Elle se sentait plus complète, plus en contrôle de sa magie qu'elle ne l'avait jamais été auparavant. Mais elle savait que la véritable épreuve viendrait bientôt. Sa formation n'était qu'une étape. Le combat contre les ténèbres qui menaçaient encore Verlaine et Bassenge n'était pas terminé, mais désormais, elle se sentait prête à affronter les défis à venir

Chapitre 8 : L'Ombre du Mal

Les jours s'écoulaient doucement à Verlaine, mais quelque chose dans l'atmosphère devenait de plus en plus lourd. Les villageois, habitués à la tranquillité des lieux, commençaient à murmurer au sujet d'une présence mystérieuse qui rôdait dans les ruelles la nuit venue. Certains parlaient d'ombres fugitives, d'autres affirmaient avoir entendu des bruits inexplicables venant des bois environnants. Pour Émilie, cette aura oppressante était un signe que quelque chose de grand se préparait.

Un après-midi particulièrement ensoleillé, Émilie, encore habitée par les récentes révélations sur son héritage, décida de se promener dans les rues pavées du village. La magie apprise aux côtés de Laurence commençait à se renforcer en elle, mais elle sentait que ses découvertes n'étaient qu'un début. Alors qu'elle déambulait dans une petite ruelle bordée de maisons en pierre, un miaulement la fit s'arrêter.

Elle tourna la tête et aperçut un chat noir, assis calmement sur un muret. Ses yeux d'un vert étincelant semblaient sonder Émilie avec une intelligence qui dépassait l'animal. Elle s'approcha doucement de lui.

« *Salut, toi. Qu'est-ce que tu fais ici, tout seul ?* » murmura-t-elle en s'accroupissant devant l'animal.

Le chat inclina la tête, comme s'il comprenait ses paroles, avant de se frotter contre ses jambes avec une certaine familiarité. Un sentiment étrange envahit Émilie : ce chat n'était pas ordinaire. Elle sourit et le caressa doucement, sentant sous sa main le pelage doux et soyeux. Puis, soudainement, il bondit de son perchoir et s'éloigna d'un pas décidé. Intriguée, Émilie le suivit.

Le chat la guida à travers les ruelles de Verlaine, contournant des maisons et des échoppes qu'elle n'avait jamais remarquées auparavant. Leur promenade les mena dans une zone moins fréquentée, proche des limites du village. Ils arrivèrent finalement dans un ancien cimetière oublié, dont les pierres tombales étaient couvertes de mousse et de lierre. Le chat s'assit au pied d'une statue d'ange déchu, et Émilie s'approcha prudemment.

« *Pourquoi m'as-tu emmenée ici ?* » murmura-t-elle.

À cet instant, elle ressentit une pulsation subtile sous ses pieds, comme si la terre elle-même émettait une énergie dormante. Le chat noir, nommer **Shiro** un collier rouge autour du coup, observait silencieusement, ses yeux fixés sur une tombe ancienne. Émilie s'avança et posa sa main sur la pierre froide. Un frisson la parcourut, suivi d'une sensation familière : celle de la magie. La même énergie qu'elle avait ressentie lors de ses entraînements avec Laurence.

« *C'est un lieu de pouvoir...* » réalisa-t-elle à haute voix.

Elle ferma les yeux et tenta de canaliser cette force. La terre semblait vibrer sous elle, et des souvenirs lointains, presque oubliés, lui revenaient en mémoire : des images de sorcières anciennes, utilisant ce lieu pour des rituels ancestraux. Le lien entre Verlaine et la magie était bien plus profond qu'elle ne l'avait imaginé.

Shiro, sentant l'augmentation de l'énergie, se hérissa soudainement, ses yeux brillant d'une intensité surnaturelle. Émilie rouvrit les yeux, alertée par son comportement. Les ombres autour d'eux semblaient s'étendre, prenant des formes sinistres, comme si elles s'animaient sous l'effet de la magie éveillée.

« *Quelque chose s'éveille ici...* » murmura-t-elle.

Les ombres dansantes devinrent plus menaçantes, s'enroulant autour des pierres tombales et se rapprochant dangereusement de la statue d'ange déchu. Shiro bondit en avant, ses griffes scintillant sous la lueur déclinante du soleil. Le chat se mit en position défensive, prêt à repousser les forces obscures qui se manifestaient.

Soudain, les ténèbres autour d'eux se condensèrent, formant une silhouette indistincte qui s'avança lentement vers eux. C'était une entité étrange, une forme spectrale née des ombres elles-mêmes. Émilie, paniquée, tendit la main pour invoquer une barrière protectrice, mais son énergie semblait être aspirée par cette présence maléfique.

« *Je dois me concentrer...* » pensa-t-elle, tentant de rassembler ses forces.

Elle se rappela des enseignements de Laurence, des moments passés à maîtriser les flux d'énergie au cœur de Verlaine. Prenant une profonde inspiration, elle canalisa son pouvoir à travers ses mains, créant une sphère lumineuse autour d'elle et de Shiro. La créature recula un instant, mais elle n'abandonna pas.

Shiro, quant à lui, sembla grandir en taille, ses yeux devenant deux phares verts dans l'obscurité. Il émit un grondement bas, presque animal, avant de bondir sur la créature. Une lutte silencieuse s'ensuivit, l'air se remplissant d'étincelles magiques alors que les deux forces s'opposaient.

Émilie, de son côté, renforça sa barrière, puis libéra une vague de lumière pure, envoyant l'entité spectrale valser en arrière. Les ombres se dissipèrent peu à peu, et le calme revint dans le cimetière.

Essoufflée mais soulagée, Émilie s'agenouilla à côté de Shiro, qui était revenu à sa taille normale, le regard tourné vers elle. Elle caressa doucement son pelage, ressentant une profonde gratitude pour son compagnon.

« *Merci, Shiro. Tu m'as sauvée...* » murmura-t-elle.

Le chat émit un doux ronronnement, se blottissant contre elle. Ils restèrent là, sous la lueur pâle de la lune montante, le silence du cimetière les enveloppant. Mais Émilie savait que ce n'était qu'un répit temporaire. Quelque chose de plus grand, de plus dangereux, se préparait dans l'ombre.

Le lendemain, Émilie se rendit chez Laurence pour lui raconter les événements de la veille. Elle espérait trouver des réponses dans les anciens grimoires ou à travers les histoires que Laurence avait entendues de sa mère.

« *Il y a des forces ici que je ne comprends pas encore complètement* », dit Émilie en sirotant une tasse de thé fumant.

Laurence hocha la tête, le regard grave. « *Les ombres qui hantent Verlaine ne sont pas nouvelles. Ma mère m'a parlé d'anciens esprits, des entités qui ont été autrefois bannies par les premières sorcières. Elles se réveillent à cause de l'agitation récente... et de ta présence* ».

Émilie se figea. « *Ma présence ?* »

Laurence acquiesça. « *Ton lien avec ces terres est plus profond que tu ne le penses. Tu es un catalyseur pour ce qui se passe ici. Les ténèbres te cherchent parce qu'elles savent que tu es la clé* ».

Les paroles de Laurence résonnèrent en elle, lourdes de sens. Plus les jours passaient, plus elle comprenait que sa mission à Verlaine ne se limitait pas à des entraînements ou à des rituels. Elle avait réveillé quelque chose d'ancien, quelque chose qui la poursuivait désormais.

Shiro, assis à ses pieds, la regardait fixement, comme s'il comprenait l'enjeu. Émilie se pencha pour le caresser, trouvant un certain réconfort dans sa présence. Elle savait que la route serait longue et semée d'embûches, mais elle n'était plus seule. Avec Laurence à ses côtés, et Shiro comme protecteur, elle se sentait prête à affronter les ténèbres qui continuaient de croître autour d'elle.

La nuit tombait une nouvelle fois sur Verlaine, et dans l'obscurité, Émilie sentit que le véritable combat ne faisait que commencer.

Chapitre 9 : Le Voile du Passé

Les semaines passaient à Verlaine, et bien que l'atmosphère y soit paisible, Émilie sentait en elle une impatience grandissante. Les mystères qui entouraient ses origines et l'artefact laissé par sa grand-mère commençaient à la tourmenter de plus en plus. Chaque nuit, ses rêves devenaient plus étranges, remplis d'images floues mêlant souvenirs de son enfance et visions d'un avenir incertain.

Une nuit, elle rêva d'un champ couvert de brume, où une silhouette lointaine semblait l'appeler. Elle se réveillait toujours en sursaut, avec une étrange certitude : ces rêves n'étaient pas de simples divagations nocturnes, mais des messages qu'elle devait décoder.

Un matin, déterminée à en apprendre davantage, Émilie décida de se rendre à la vieille bibliothèque de Verlaine. C'était un lieu peu fréquenté, où des siècles de connaissances étaient entreposés dans des livres aux pages jaunies. Elle espérait y trouver des indices sur son héritage et l'artefact mystérieux qu'elle gardait précieusement.

Alors qu'elle explorait les rayonnages poussiéreux, un livre attira son attention. La couverture en cuir, marquée de runes anciennes, lui rappelait étrangement les symboles qu'elle avait vus dans le temple de Bassenge. Avec précaution, elle saisit le livre et le feuilleta. À chaque page, des récits de légendes belges anciennes se déroulaient devant elle, peuplés de dieux oubliés, de créatures mystiques et de sorcières aux pouvoirs immenses.

Un passage en particulier attira son attention : un conte décrivant un artefact ancien, un talisman façonné par les premiers sorciers. Ce talisman, disait-on, était capable de protéger son porteur des forces obscures, mais il renfermait aussi un grand pouvoir, que seuls ceux ayant un lien profond avec la terre pouvaient éveiller. Émilie eut un frisson en réalisant que ce récit pourrait bien concerner l'artefact qu'elle possédait. Ce talisman, hérité de sa grand-mère, semblait avoir un rôle bien plus important qu'elle ne l'avait imaginé.

« Et si ce talisman était la clé de tout ? » murmura-t-elle pour elle-même, sa voix se perdant dans l'écho de la vieille bibliothèque.

Shiro, son compagnon félin, qui l'accompagnait partout depuis leur rencontre, s'approcha d'elle et se frotta contre sa jambe. Son regard brillant semblait comprendre l'importance de cette découverte.

« Il me faut plus de réponses... », murmura-t-elle en refermant le livre. Elle savait que la réponse n'était pas seulement dans les livres, mais dans les légendes locales, celles que les habitants de Verlaine et des environs avaient transmises de génération en génération.

Le lendemain, Émilie se rendit chez Laurence pour discuter de ses découvertes. Laurence et sa mère, avec leurs vastes connaissances des rituels anciens et des mythes locaux, pouvaient certainement l'aider à éclaircir certains points.

Autour d'une grande table en bois massif, recouverte de cristaux scintillants et de grimoires poussiéreux, Émilie expliqua ce qu'elle avait lu dans le livre et la connexion qu'elle soupçonnait avec l'artefact.

Laurence écouta attentivement, les sourcils légèrement froncés. *« Ce que tu décris me semble familier. J'ai entendu parler de ce talisman, bien que je n'aie jamais vu de texte aussi précis. Mais il est dit que seuls ceux qui ont un lien fort avec la magie des terres peuvent l'éveiller pleinement. Ce n'est pas un simple objet de protection, Émilie. C'est bien plus... »*

Émilie sentit un mélange de peur et d'excitation l'envahir. *« Je dois en savoir plus. Je dois comprendre ce lien que j'ai avec cet artefact et ce que cela signifie. »*

Laurence acquiesça. *« Nous pourrions consulter les anciens grimoires de ma mère, mais je pense qu'il te faudrait explorer davantage les légendes locales. Verlaine et ses environs regorgent de contes oubliés qui pourraient t'éclairer. Il y a une vieille femme au village, Maëlle. Elle connaît toutes les histoires anciennes. Va la voir. »*

Le lendemain, Émilie se rendit chez Maëlle, une femme âgée connue pour ses connaissances des traditions locales. La maison de Maëlle, petite mais chaleureuse, était située à la lisière du village. En entrant, Émilie fut frappée par l'odeur des herbes séchées suspendues au plafond et le doux crépitement du feu de cheminée.

Maëlle l'accueillit avec un sourire bienveillant. *« Je me demandais quand tu viendrais, ma petite. »*

Surprise par cette phrase, Émilie la suivit dans une petite pièce où des livres anciens étaient empilés sur des étagères branlantes. Maëlle s'assit, l'invitant à faire de même.

« Tu cherches des réponses sur ton passé, n'est-ce pas ? »

Émilie hocha la tête, impressionnée par la sagesse que dégageait cette femme.

« Ta grand-mère était une femme puissante. Elle le savait. Et c'est pour cela qu'elle t'a laissé cet artefact. Mais ce que tu dois comprendre, c'est que cet objet ne renferme pas seulement un pouvoir. Il est aussi une clé. Une clé qui ouvre des portes... et qui en ferme d'autres. »

Maëlle parla longuement des anciennes sorcières de Verlaine, des batailles qu'elles avaient menées contre les forces obscures, et du rôle crucial qu'avait joué l'artefact dans ces luttes. Ce talisman, selon Maëlle, n'était pas simplement un outil de défense, mais un catalyseur, capable de réveiller des forces aussi anciennes que la terre elle-même.

« *Tu as un grand rôle à jouer, Émilie. Les ténèbres que tu affrontes ne sont que le début. Mais pour éveiller pleinement le pouvoir de cet artefact, tu devras le comprendre. Et pour cela, tu devras te rendre là où tout a commencé.* »

Émilie, perplexe, demanda : « *Où tout a commencé ?* »

Maëlle se leva lentement et pointa du doigt une carte ancienne accrochée au mur. « *Bassenge... et au-delà. L'artefact a été créé bien avant que ta lignée ne le garde. Il vient d'une époque où les sorcières et les esprits de la nature vivaient en harmonie. Mais quelque chose a brisé cet équilibre. C'est là-bas que tu trouveras les réponses que tu cherches.* »

En sortant de chez Maëlle, Émilie sentit le poids de cette révélation peser sur elle. Bassenge était déjà le théâtre d'événements dangereux, mais il semblait que cela ne faisait que commencer. Son artefact était plus qu'un simple héritage familial. Il était la clé d'un mystère bien plus grand, un mystère qui reliait son passé et son futur.

La route vers la vérité serait semée d'embûches, mais Émilie savait qu'elle devait continuer. Laurence, Maëlle, et même Shiro, semblaient être des alliés précieux dans cette quête, mais elle sentait que la bataille à venir nécessiterait encore plus de préparation. Les ténèbres rôdaient, prêtes à frapper à tout moment.

Et au cœur de tout cela, Émilie se rendait compte qu'elle n'était pas seulement une simple sorcière. Elle était bien plus, et son rôle dans les événements à venir serait crucial. Il était temps de réveiller le pouvoir qui sommeillait en elle, et d'affronter les secrets que l'artefact détenait.

Chapitre 10 : Les Secrets d'Huy

Émilie arrivait à Huy avec un sentiment d'excitation mêlé d'appréhension. La ville, perchée sur les bords de la Meuse, dégageait une atmosphère ancienne et mystérieuse. Les bâtiments en pierre et les ruelles pavées semblaient chargés de secrets, chaque coin étant empreint d'histoires oubliées et de magie latente. Elle sentait qu'Huy détenait des réponses cruciales à sa quête pour comprendre l'artefact hérité de sa grand-mère et le lien profond qu'il entretenait avec son propre pouvoir.

Dès son arrivée, Émilie fut attirée par le château de Huy, surnommé *Li Tchestia*. Dominant la ville, cette ancienne forteresse, reconstruite à plusieurs reprises au fil des siècles, semblait être le gardien silencieux de la vallée de la Meuse. Elle décida de commencer son exploration ici, persuadée que cet endroit recelait des indices cachés sur les batailles magiques qui avaient marqué l'histoire de la région.

La montée jusqu'au château fut intense, les marches usées par le temps rappelaient à Émilie les épreuves qu'elle avait traversées à Verlaine. En atteignant les ruines, elle sentit une énergie familière, similaire à celle qu'elle avait ressentie lors de ses rituels dans la forêt sacrée. Un frisson la parcourut. La magie imprégnait ces murs, et elle savait que quelque chose de plus profond reposait sous ces pierres.

En s'approchant des anciens remparts, elle trouva une petite ouverture menant à une crypte oubliée, un lieu rarement visité par les touristes. Les pierres semblaient vibrer sous ses pieds, et elle entendit des murmures lointains, comme des échos du passé. Ses mains tremblèrent légèrement lorsqu'elle sortit l'artefact de sa poche, le sentant pulser en résonance avec l'énergie qui l'entourait. *« Il y a quelque chose ici, je le sens »*, pensa-t-elle.

Elle s'agenouilla, plaçant l'artefact sur le sol froid, et murmura quelques incantations apprises à Verlaine. La lumière de l'objet s'intensifia, révélant des symboles gravés dans la pierre, invisibles jusqu'alors. Les runes anciennes racontaient l'histoire d'une bataille entre les sorcières locales et des entités sombres venues des abysses, une lutte pour la protection de Huy qui avait laissé des traces indélébiles sur la magie de la ville.

Après avoir passé des heures à décoder ces inscriptions, Émilie se releva, satisfaite d'avoir découvert un lien direct entre l'artefact et la magie qui imprégnait la région. Mais ce n'était que le début de son exploration.

Le lendemain, elle se rendit à la Collégiale Notre-Dame de Huy, fascinée par la célèbre rosace gothique connue sous le nom de *Li Rondia*. Cette immense rosace, représentant la descente de la lumière divine, captiva Émilie. Elle restait là, absorbée par la beauté mystique de l'œuvre, se demandant si cette lumière symbolisait plus qu'une simple décoration religieuse. *« Peut-être que cette lumière est un symbole de la lutte contre les ténèbres qui s'approchent »*, pensa-t-elle.

Alors qu'elle contemplait la rosace, une étrange pulsation magique émana de l'artefact, comme s'il répondait à cette lumière céleste. Émilie ferma les yeux, se concentrant sur les sensations qui l'envahissaient. Elle sentit alors que cette lumière divine pouvait renforcer ses pouvoirs, lui permettant d'affronter des forces bien plus obscures que celles qu'elle avait combattues jusqu'à présent.

Quelques jours plus tard, Émilie poursuivit son exploration en longeant la Meuse, à la recherche de réponses dans la nature elle-même. Les légendes locales parlaient d'esprits aquatiques habitant le fleuve, des entités anciennes qui veillaient sur le cours de l'eau et protégeaient la région. Émilie s'approcha du fleuve, plaçant une main dans l'eau glacée, ressentant immédiatement une connexion profonde avec ces esprits.

Au moment où ses doigts effleurèrent l'eau, des images floues envahirent son esprit. Elle vit des scènes anciennes, des rituels de sorcières invoquant les forces de la Meuse pour protéger Huy des invasions. C'était comme si la rivière elle-même lui racontait son histoire, l'invitant à comprendre que l'équilibre entre la lumière et les ténèbres reposait aussi sur la protection des éléments naturels. Les esprits de la Meuse semblaient l'approuver, leur énergie l'imprégnant et renforçant ses pouvoirs.

L'aventure d'Émilie la mena ensuite à la fontaine du Cwèrneû, une vieille fontaine dans le centre de Huy, qui était autrefois le point de rassemblement des villageois. Selon les légendes, cette fontaine possédait des propriétés curatives et protectrices. Elle décida de s'y rendre, cherchant un peu de réconfort et d'inspiration après les jours éprouvants qu'elle venait de passer.

La légende du Cwèrneû parlait d'un veilleur, un protecteur silencieux de la ville qui veillait sur les habitants et les guidait dans les moments de péril. Émilie s'agenouilla près de la fontaine, plongeant ses mains dans l'eau fraîche, et pria pour la force et la clarté. À cet instant, elle sentit une présence réconfortante, comme si le veilleur lui-même lui accordait sa bénédiction.

« *Cette ville est pleine de magie* », murmura-t-elle, tout en réalisant que chaque lieu où elle s'était rendue l'avait aidée à renforcer ses pouvoirs, à comprendre un peu plus l'artefact et à se préparer aux épreuves qui l'attendaient.

Les ombres planaient toujours sur Huy, elle le savait. Une bataille imminente se préparait, mais avec ces nouvelles connaissances, Émilie sentait qu'elle était mieux armée pour y faire face. Tandis qu'elle se préparait à quitter Huy pour continuer son périple, elle se tourna une dernière fois vers *Li Tchestia*, le château silencieux, jurant de revenir si les forces obscures qui menaçaient la région devenaient trop puissantes. Elle savait désormais que la lumière et la magie ancienne de Huy coulaient en elle, prêtes à la protéger et à la guider dans la lutte à venir.

Chapitre 11 : Les Ombres de Visé

Émilie et Shiro arrivèrent à Visé alors que le soleil se couchait doucement derrière les collines, baignant la ville d'une lumière dorée. La petite ville au bord de la Meuse semblait paisible, presque endormie, mais Émilie savait que cette tranquillité cachait des mystères anciens et peut-être même des dangers. Shiro, son fidèle compagnon, scrutait les alentours, comme s'il pouvait sentir les ténèbres qui rôdaient en arrière-plan.

Elle se faufila dans les rues pavées, chaque pas résonnant légèrement dans l'air frais du soir. Le doux parfum des gaufres et des boulets liégeois flottaient dans l'air, émanant des restaurants et des échoppes qui bordaient les rues. En passant devant une petite place, Émilie aperçut un marché local où les habitants profitaient des derniers rayons de soleil.

Le bruit des conversations animées, des enfants jouant et des marchands vantant leurs produits créait une ambiance chaleureuse et vivante, contrastant avec l'atmosphère mystérieuse qu'Émilie ressentait depuis son arrivée à Visé. Elle s'arrêta un instant, observant la scène, presque absorbée par cette normalité qui lui avait tant manqué ces derniers jours.

Un stand, en particulier, attira son attention : des habitants y savouraient des boulets liégeois, une spécialité de la région. L'odeur alléchante de la viande mijotée dans une sauce épicée et sucrée lui fit tourner la tête. Un peu plus loin, une vieille femme installée derrière un petit comptoir de gaufres en train de cuire la regarda avec bienveillance. Voyant Émilie passer, la femme lui sourit et lui tendit une gaufre de Liège fraîchement sortie du gaufrier.

« Tu sembles avoir besoin de te réchauffer, ma belle. Tiens, c'est pour toi. Ça te fera du bien. » La vieille femme lui offrit un clin d'œil complice, et Émilie, bien que surprise, accepta avec gratitude.

« Merci beaucoup, c'est vraiment gentil. » Elle croqua dans la gaufre chaude et sucrée, son ventre rugissant d'appréciation. Le sucre perlé fondait délicieusement, procurant une sensation de chaleur et de réconfort.

Mais alors que ses pensées s'apaisaient temporairement dans ce moment simple, la vieille femme se pencha vers elle, un éclat mystérieux dans les yeux : *« Visé est plus ancien que tu ne le penses, ma chère. Fais attention à ce que tu cherches. Tout n'est pas ce qu'il semble. »*

Ces mots, glissés doucement, s'enfoncèrent dans l'esprit d'Émilie, la ramenant brutalement à la réalité. Elle hocha la tête, remerciant une dernière fois la femme, avant de s'éloigner, Shiro à ses pieds, ses pensées à nouveau en alerte. La vieille femme avait raison. La tranquillité de cette ville dissimulait des mystères qu'Émilie était venue percer, mais elle savait aussi que ces secrets étaient accompagnés de dangers.

Au bout de la rue, la Collégiale Saint-Hadelin se dressait, imposante et solennelle, ses pierres grises réverbérant la lumière mourante du jour. Selon les histoires locales, ce lieu avait été un point de rassemblement pour les érudits et les sorcières, une sorte de sanctuaire où la magie s'était autrefois entrelacée avec la religion. Les vitraux multicolores projetaient des reflets sur le sol pavé, tandis qu'Émilie se sentait attirée vers l'édifice comme par une force invisible.

Elle entra dans la collégiale, Shiro à ses côtés, ses pas résonnant dans l'immensité silencieuse de l'intérieur. L'odeur de l'encens et de la pierre froide emplissait l'air, et un étrange calme régnait. L'endroit semblait vide, mais Émilie savait que, comme toujours, quelque chose se tapissait dans l'ombre. Elle sortit son artefact, ressentant une légère pulsation d'énergie, comme si le lieu réagissait à sa présence.

Elle approcha de l'autel, observant les gravures anciennes sur les murs. Les runes inscrites dans la pierre paraissaient raconter une histoire que seuls ceux capables de lire entre les lignes pouvaient comprendre. Des scènes de batailles, de rituels et d'offrandes à des puissances occultes se dévoilaient lentement sous ses yeux.

« *C'est ici que tout a commencé...* » murmura-t-elle pour elle-même, perdue dans ses pensées. Elle sentit le regard de Shiro posé sur elle, toujours aux aguets. Il semblait lui aussi percevoir cette tension dans l'air.

En déambulant à travers les rues, Émilie se retrouva devant le musée local, une vieille bâtisse dont les pierres semblaient chargées de siècles d'histoire. Selon les légendes locales, ce musée abritait des artefacts mystérieux et des documents anciens qui pourraient l'aider à mieux comprendre le lien entre son artefact familial et les forces mystérieuses qui semblaient s'éveiller autour d'elle.

Elle poussa la lourde porte de bois et pénétra dans l'édifice silencieux. L'air était froid et une odeur de poussière flottait dans les lieux déserts. Les objets exposés – des poteries anciennes, des armes rouillées et des parchemins jaunis – semblaient raconter des histoires oubliées depuis longtemps.

Tout en se déplaçant entre les vitrines, Émilie sentit une étrange attraction pour un coin reculé du musée. Là, sous une lumière tamisée, reposait une amulette ancienne, ornée de symboles gravés que ses yeux identifièrent instantanément comme étant d'origine mystique. L'objet brillait légèrement, capturant la lumière d'une manière presque surnaturelle. Il y avait quelque chose dans cette amulette qui résonnait avec l'artefact que sa grand-mère lui avait légué.

« Cet artefact... il y a une connexion », pensa-t-elle.

Elle sortit doucement l'artefact de sa poche, et à l'instant où ses doigts touchèrent l'objet, une vague de magie palpable traversa la pièce. Les symboles gravés sur l'amulette et sur son propre artefact semblèrent vibrer en harmonie.

Shiro se raidit à ses côtés, ses yeux fixant un point dans l'obscurité. Une présence étrange venait de pénétrer la pièce.

Émilie tourna la tête, et son cœur manqua un battement. Là, dans l'ombre, une silhouette encapuchonnée se tenait immobile, les yeux brillant d'une lueur malveillante. Son apparence dégageait une puissance froide et mystérieuse, et chaque fibre du corps d'Émilie lui criait de se préparer au danger imminent.

Chapitre 12 : La Confrontation à Visé

L'air froid du musée de Visé enveloppait Émilie, alors qu'elle se tenait face à la silhouette mystérieuse dans l'obscurité. Le silence, seulement interrompu par les respirations lentes et mesurées de Shiro, semblait lourd, presque palpable. Son cœur battait la chamade tandis que la tension montait. L'amulette qu'elle tenait dans ses mains émettait une légère pulsation de chaleur, comme si elle réagissait à l'énergie sombre de la silhouette encapuchonnée.

Émilie tenta de rester calme, malgré l'étrange aura qui flottait dans l'air. Les yeux de la silhouette brillaient d'une lueur inquiétante, presque maléfique. Ce n'était pas un simple intrus : il dégageait quelque chose d'ancien et de profondément dangereux.

« Qui es-tu ? » demanda-t-elle d'une voix ferme, serrant davantage l'amulette entre ses doigts, prête à se défendre. Elle pouvait sentir que le danger approchait, mais elle refusait de reculer, même si la présence de l'ombre la troublait profondément.

La silhouette resta silencieuse, son visage caché dans l'ombre de son capuchon. Pourtant, Émilie pouvait percevoir un sourire sinistre se dessiner sur ses lèvres. Puis, une voix rauque et glaciale s'éleva de l'obscurité : *« Je suis celui qui marche dans les ombres, celui qui observe depuis les abysses de l'oubli... »* murmura-t-elle avec menace. *« Je suis le gardien des secrets perdus et des âmes égarées. »*

Le ton de la silhouette faisait écho dans l'immensité silencieuse du musée. Émilie frissonna, consciente qu'elle se tenait face à une entité bien plus redoutable qu'elle ne l'avait imaginé. Mais elle ne devait pas faiblir. Sa force résidait dans le courage de ne pas céder face à l'inconnu.

« Pourquoi es-tu ici ? Que cherches-tu ? » lança-t-elle d'une voix plus ferme, essayant de garder son calme. Mais la silhouette ne répondit pas immédiatement, préférant plutôt envelopper l'air de sa présence sombre et pesante. Shiro feula doucement à ses côtés, ses poils hérissés, prêt à bondir à la moindre menace.

L'atmosphère était électrique, remplie d'une tension palpable. Les mots de la silhouette semblaient danser dans l'air, semant le doute et la peur dans l'esprit d'Émilie. Mais elle refusait de céder à la terreur, s'accrochant à l'amulette qu'elle sentait vibrer d'une énergie protectrice.

La silhouette fit un pas en avant, rompant enfin le silence : *« Ce que tu cherches est bien au-delà de ce que tu peux comprendre. Visé renferme des secrets que tu ne devrais jamais dévoiler. »* Les paroles étaient un avertissement, mais Émilie savait qu'elle ne pouvait plus reculer. Elle était venue ici pour obtenir des réponses, et elle les obtiendrait, quoi qu'il en coûte.

Soudain, la silhouette fit un geste de la main, et l'air autour d'Émilie sembla se charger d'une énergie sombre. Les ombres dans la pièce se mirent à onduler et à s'allonger, comme si elles prenaient vie sous le contrôle de cette entité mystérieuse. Émilie recula instinctivement, sentant la présence des ténèbres s'approcher dangereusement.

Cependant, au lieu de paniquer, elle ferma les yeux un instant, se concentrant sur l'amulette qu'elle tenait toujours dans sa main. Elle savait que la lumière pouvait repousser les ombres, et elle devait puiser dans la magie qu'elle avait apprise auprès de Laurence et des sorcières de Verlaine. Prenant une profonde inspiration, elle murmura une incantation, canalisant l'énergie à travers l'artefact. Une lumière douce et apaisante commença à émaner de l'amulette, repoussant temporairement les ténèbres.

La silhouette sembla surprise par la force d'Émilie. Pourtant, elle ne recula pas, mais resta immobile, l'observant de ses yeux flamboyants.

« Crois-tu vraiment pouvoir lutter contre l'obscurité avec si peu de lumière ? » Sa voix n'était plus qu'un murmure moqueur, mais elle résonnait comme un défi direct à Émilie.

Shiro, quant à lui, restait vigilant à ses côtés, ses yeux verts brillant dans l'obscurité comme deux phares perçant les ténèbres. Il bondit en avant, prêt à protéger Émilie contre toute attaque soudaine, mais la silhouette ne bougea pas.

Les secondes semblaient s'étirer à l'infini, alors qu'Émilie et la silhouette se jaugeaient, chacun essayant de deviner le prochain mouvement de l'autre. Le souffle d'Émilie s'était calmé, et elle savait maintenant qu'elle ne pouvait pas simplement réagir par la peur. Il fallait qu'elle découvre pourquoi cette silhouette la suivait, et surtout, ce qu'elle voulait protéger à Visé.

« *Ce musée abrite des secrets, n'est-ce pas ?* » lança Émilie, brisant le silence.

La silhouette demeura silencieuse, ses yeux perçant Émilie avec une intensité glaçante. Puis, avec une lenteur calculée, elle prononça d'une voix grave : « *Les secrets de Visé ne doivent jamais être révélés. Quitte cette ville, tant que tu le peux encore, ou les ténèbres t'emporteront.* »

Un frisson parcourut le corps d'Émilie. L'avertissement était clair, mais elle ne pouvait pas reculer. Elle avait trop avancé dans sa quête pour se laisser intimider maintenant.

La lumière de l'amulette brilla un peu plus intensément dans ses mains, et elle raffermit sa prise. « *Je ne partirai pas tant que je n'aurai pas obtenu ce que je suis venue chercher* », déclara-t-elle, sa voix emplie d'une nouvelle détermination.

Alors que la lumière émanant de l'amulette d'Émilie repoussait temporairement les ténèbres environnantes, la silhouette encapuchonnée laissa échapper un léger ricanement. Ce son résonnait comme un écho lugubre dans les vastes salles silencieuses du musée, renforçant la tension palpable entre les deux adversaires.

Shiro, les poils toujours hérissés, s'approcha d'un pas félin vers la silhouette, ses yeux perçants ne la quittant pas un seul instant. Son instinct félin semblait capter une menace invisible, plus profonde que ce que l'on pouvait voir. Il émit un grondement sourd, comme pour signaler à Émilie qu'il était prêt à l'assister dans cette confrontation mystérieuse.

Émilie, elle, savait qu'elle devait maîtriser ses émotions. La peur ne ferait qu'affaiblir son contrôle sur la magie qui pulsait en elle. Chaque geste devait être précis, chaque parole, mesurée.

« Les secrets que tu protèges, ce sont les mêmes que ceux que je cherche, n'est-ce pas ? » osa-t-elle lancer, espérant percer les motivations de cette figure sinistre. *« Ce que tu crains n'est pas que je découvre ces secrets, mais que je sois celle qui les réveille. »*

Un silence suivit ses paroles. Puis, après un moment qui sembla interminable, la silhouette s'avança d'un pas lent mais calculé, plongeant son regard brillant dans celui d'Émilie. *« Réveiller ces secrets te mènera à ta perte, sorcière. Tu n'as aucune idée de la puissance que tu convoques. »* La voix de l'ombre était un mélange d'avertissement et de menace, laissant deviner une profondeur d'intentions que seul un être millénaire pouvait posséder.

Émilie ressentit alors une pulsation plus intense provenant de l'artefact qu'elle portait. Comme si l'objet lui-même réagissait à ces mots, la mettant en garde, ou la poussant à aller plus loin. Elle sentit son cœur battre plus fort, non pas de peur, mais d'excitation mêlée d'un sentiment croissant de résolution. Quelque chose dans cette confrontation la rapprochait de la vérité qu'elle cherchait depuis le début de son voyage.

« Je ne crains pas la vérité. » rétorqua-t-elle fermement, serrant l'amulette, qui brillait maintenant d'une lumière encore plus intense. *« Ce que tu veux cacher doit être découvert. »*

La silhouette éclata alors d'un rire sinistre qui fit écho dans toute la salle. Les murs semblaient trembler légèrement sous l'effet de cette énergie malveillante. *« Soit. Mais sache ceci : chaque secret a son prix. Tu es prête à l'accepter, sorcière ? »*

À cet instant, une brise glaciale traversa la pièce, balayant les anciennes reliques autour d'eux, soulevant la poussière accumulée sur des siècles d'histoire. Shiro bondit devant Émilie, ses griffes sorties, prêt à attaquer si la silhouette faisait un mouvement agressif.

Mais Émilie, elle, ne bougea pas. Ses doigts se resserrèrent encore davantage autour de l'artefact, canalisant l'énergie qui en émanait. Elle savait que le moment décisif était proche, que la confrontation qu'elle attendait depuis son entrée à Visé atteignait son paroxysme. Cependant, elle ne savait pas encore si cette rencontre allait se terminer par un combat immédiat ou une révélation majeure.

Les yeux de l'ombre brillaient toujours, mais cette fois, un léger doute sembla percer leur éclat malveillant. Peut-être ne s'attendait-elle pas à une telle détermination de la part d'Émilie, à une telle maîtrise de sa magie malgré sa relative inexpérience.

Et alors que le silence menaçait de retomber, l'ombre glissa lentement en arrière, ses contours se fondant de plus en plus dans l'obscurité. Elle disparaissait peu à peu, mais avant de s'éclipser entièrement, une dernière phrase s'échappa de ses lèvres, aussi tranchante qu'un coup de poignard : *« Nous nous reverrons, sorcière. Et ce jour-là, tu comprendras ce que signifie éveiller les ténèbres. »*

La silhouette disparut complètement, ne laissant derrière elle que l'écho de sa présence maléfique. Émilie resta immobile, respirant profondément pour calmer l'adrénaline qui courait encore dans ses veines. Shiro, fidèle comme toujours, vint se frotter doucement contre ses jambes, sentant que le danger immédiat s'était éloigné.

« Elle va revenir... » murmura Émilie, plus pour elle-même que pour son compagnon. La silhouette n'avait fait que reculer, attendant le moment opportun pour frapper à nouveau. Mais maintenant, elle était certaine d'une chose : les secrets de Visé étaient bien plus profonds et sombres qu'elle ne l'avait imaginé. Mais elle était prête à aller jusqu'au bout.

Chapitre 13 : Les Révélations Obscures

Accompagnée de Shiro, Émilie quitta le musée, son esprit encore embrumé par sa rencontre avec la silhouette énigmatique. Chaque rue qu'elle empruntait dans Visé semblait chuchoter des secrets, comme si la ville elle-même conspirait pour lui révéler une vérité bien trop lourde à porter. Mais elle ne pouvait reculer. La pulsation régulière de l'amulette dans sa poche lui rappelait qu'elle était sur la bonne voie.

Les rues pavées étaient éclairées par les réverbères, mais l'obscurité semblait plus dense que de coutume. Shiro, silencieux, avançait à ses côtés, ses oreilles tournées dans toutes les directions. Le lien entre eux s'était renforcé après les épreuves traversées, et Émilie savait qu'elle pouvait compter sur lui.

Elle décida de se rendre à la Collégiale Saint-Hadelin, un édifice dont les habitants parlaient avec une crainte respectueuse. On racontait que cette église, construite au Moyen Âge, avait été un lieu de rassemblement pour des rituels secrets. Certains murmuraient qu'un culte y avait invoqué des forces obscures, cherchant à canaliser un pouvoir qu'ils ne comprenaient pas. Les légendes disaient que le bâtiment avait été béni pour sceller ces énergies, mais Émilie doutait que cela ait suffi.

À l'intérieur de la collégiale, l'atmosphère était lourde, presque suffocante. Les vitraux projetaient des éclats colorés sur les murs, mais la lumière n'offrait aucun réconfort. Émilie sortit l'amulette, sentant l'énergie émaner des lieux se connecter à celle de l'objet. Une inscription sur une colonne attira son attention : des runes similaires à celles qu'elle avait déjà vues, mais altérées par le temps. Elle les effleura du bout des doigts, et une brève vision s'imposa à elle.

Elle se vit elle-même, debout dans un cercle formé de figures indistinctes, tandis qu'une lumière puissante émanait de l'amulette. L'image s'évanouit aussi vite qu'elle était venue, la laissant haletante.

Shiro, lui, s'était avancé vers l'autel principal. Un léger grondement émanait de sa gorge. Émilie le rejoignit, découvrant une trappe dissimulée sous un tapis poussiéreux. La serrure était rouillée, mais l'amulette, placée au contact, s'illumina et ouvrit le passage dans un grincement strident.

Elle descendit prudemment, Shiro à ses côtés. Les marches les menèrent dans une crypte où l'air était glacial. Des fresques ornaient les murs, racontant des batailles entre des forces de lumière et des ombres informes. Au centre de la pièce, un piédestal portait une relique enveloppée de chaînes rouillées. L'amulette d'Émilie réagit violemment, émettant une lumière vive qui fit craquer les chaînes.

Avant qu'elle ne puisse s'approcher davantage, des ombres se matérialisèrent autour de la relique. Elles prirent une forme humanoïde, leur regard rougeoyant fixant Émilie avec intensité. L'une d'entre elles parla, sa voix semblant venir de tous les coins de la crypte en même temps :

« Étranger, pourquoi viens-tu troubler ce sanctuaire ? »

Émilie raffermit sa prise sur l'amulette, son cœur battant à tout rompre. *« Je cherche la vérité sur cet artefact, sur ce que ma grand-mère a voulu me transmettre. Si cela vous dérange, alors je suis au bon endroit. »*

Les ombres ricanèrent, mais leurs rires étaient dénués de joie. *« L'artefact que tu portes est la clé d'un pouvoir que ton sang ne peut comprendre. Laisse-le ici, et repars tant qu'il est encore temps. »*

Mais Émilie ne bougea pas. *« Je ne partirai pas sans réponses. Pourquoi cet objet réagit-il à Visé ? Quels secrets cachez-vous ici ? »*

Une des ombres, plus grande et plus imposante, s'avança, ses contours vacillant comme une flamme dans le vent. *« Tu oses prétendre vouloir réveiller ce qui a été scellé ? Ces forces ont consumé des générations avant toi. Nous avons juré de protéger ce lieu. Tu n'es pas prête à en assumer les conséquences. »*

Émilie sentit une montée de colère. *« Si je ne suis pas prête, alors pourquoi cet artefact m'a-t-il choisie ? Pourquoi réagit-il à moi, à ma présence ? Vous ne pouvez pas me dissuader. »*

Les ombres hurlèrent, leur forme se distordant dans une cacophonie effrayante. Shiro, fidèle, bondit devant Émilie, grondant furieusement. L'amulette dans la main d'Émilie brillait de plus en plus intensément, dissipant légèrement l'obscurité.

Un combat s'ensuivit, non pas physique, mais spirituel. Les ombres tentaient de submerger Émilie de visions cauchemardesques : des forêts brûlées, des visages familiers engloutis par les ténèbres, des souvenirs de sa grand-mère entrecoupés d'images effrayantes. Mais Émilie se raccrocha à la lumière de l'amulette, utilisant les incantations apprises à Verlaine pour repousser ces assauts.

Shiro, lui, défendait son flanc, bondissant entre les ombres, mordant et griffant avec une énergie féroce. Ses mouvements rapides étaient presque imperceptibles, et ses attaques forçaient les ombres à reculer.

Enfin, après ce qui sembla être une éternité, les ombres s'estompèrent, leur colère remplacée par une étrange résignation. La plus grande d'entre elles parla à nouveau, cette fois d'une voix presque apaisée : *« Tu as montré du courage, mais cela suffira-t-il lorsque le véritable combat viendra ? Prends la relique, mais sache que son pouvoir exige un prix. »*

La lumière de l'amulette illumina complètement la crypte, révélant des détails que l'obscurité avait cachés : les fresques montraient Émilie elle-même, debout, l'amulette levée, tandis que des ombres s'éloignaient. La prophétie était claire : elle était destinée à être ici, à ce moment précis.

Elle s'approcha du piédestal et saisit la relique, sentant une chaleur intense parcourir son corps. Mais elle savait que ce n'était que le début. Les ombres avaient raison : un prix était à payer, mais elle ne le comprendrait que plus tard.

Lorsqu'elle quitta la crypte, Shiro marchant à ses côtés, une étrange sérénité l'envahit. Elle avait franchi une étape, mais d'autres obstacles se dressaient devant elle. Tandis qu'elle sortait dans la nuit étoilée, ses pensées étaient tournées vers ce qui l'attendait.

Chapitre 14 : Le Combat

pour la Lumière

Émilie et Shiro atteignirent l'entrée de la crypte, l'air chargé d'une énergie lourde et oppressante. Les ruines de l'ancienne église, partiellement recouvertes par des vignes et des mousses épaisses, semblaient murmurer des secrets à la nuit étoilée. Le vent portait une odeur de pierre froide et d'humidité. Tout en scrutant l'obscurité, Émilie sentit l'amulette vibrer faiblement dans sa poche, comme pour confirmer qu'elle était au bon endroit.

Les marches menant à la crypte craquèrent sous leurs pas, résonnant dans le silence. Une lueur faible provenant de la relique qu'elle avait récupérée dans la collégiale éclairait à peine leur descente, mais sa chaleur semblait repousser les ombres mouvantes qui les entouraient. Shiro, toujours alerte, avançait devant elle, ses griffes raclant doucement les marches.

Arrivés au bas des escaliers, ils pénétrèrent dans une grande salle voûtée. Des colonnes usées par le temps supportaient une structure qui semblait sur le point de s'effondrer. Le sol était parsemé de gravats et de symboles gravés, rappelant ceux qu'Émilie avait observés plus tôt à la collégiale. Une fresque murale, à demi effacée, décrivait une bataille entre des silhouettes lumineuses et d'autres, obscures et déformées.

« C'est ici que tout s'est joué autrefois, » murmura-t-elle, ses mots résonnant doucement dans la pièce. L'amulette dans sa main pulsait, synchronisée avec les battements de son cœur.

Soudain, une voix glaciale fendit l'air : « *Ainsi, tu es venue, sorcière. Es-tu prête à affronter ton destin ?* »

La silhouette encapuchonnée, déjà rencontrée au musée, émergea des ténèbres. Ses yeux brillants, rouges comme des braises, fixaient Émilie avec une intensité terrifiante. Une énergie sombre émanait de l'ombre, rendant l'atmosphère encore plus suffocante.

Émilie raffermit sa prise sur l'amulette, cherchant à canaliser le courage qui l'avait menée jusqu'ici. « *Si je suis ici, c'est parce que je n'ai pas peur de découvrir la vérité. Peu importe ce que vous cachez, je le révélerai.* »

L'ombre ricana, un son qui résonna comme un écho sinistre dans toute la crypte. « *Tu parles de vérité, mais es-tu prête à affronter ce qu'elle te coûtera ? Les secrets que nous protégeons ne sont pas pour les faibles d'esprit. Chaque révélation est une malédiction.* »

Avant qu'elle ne puisse répondre, l'ombre tendit une main griffue, libérant un flot d'énergie sombre qui se dirigea droit vers Émilie. Elle esquiva de justesse, tandis que Shiro bondit, ses crocs luisant à la lumière de l'amulette. L'affrontement était inévitable.

La crypte devint le théâtre d'un combat intense. L'ombre manipula les ténèbres pour créer des projectiles qui s'écrasaient contre les murs, ébranlant les fondations de l'édifice. Émilie, malgré la peur qui lui nouait le ventre, utilisa l'amulette pour projeter des vagues de lumière, cherchant à contenir les assauts. Chaque fois qu'elle contre-attaquait, l'ombre semblait vaciller, mais elle revenait toujours, plus féroce.

Shiro joua un rôle crucial. Son agilité et sa rapidité permettaient à Émilie de concentrer son énergie. Il bondissait, mordait, griffait les tentacules d'ombres qui tentaient de l'encercler. À un moment, il se retrouva face à une silhouette secondaire, une manifestation des ténèbres. Un rugissement félin s'échappa de lui alors qu'il plongeait, déchirant cette forme éphémère en lambeaux.

Émilie sentit une montée de puissance en elle, un écho de la magie qu'elle avait appris à maîtriser. Elle murmura une incantation enseignée par Laurence, sa voix s'élevant dans un crescendo : *« Par la lumière et le feu, que les ténèbres soient dissoutes ! »*

La lueur de l'amulette devint aveuglante, remplissant la crypte d'une énergie éclatante. L'ombre hurla, sa forme vacillant sous l'intensité de cette lumière. Émilie se sentit presque submergée par le pouvoir qu'elle manipulait, mais elle s'accrocha à son objectif. Elle savait que renoncer maintenant signerait leur fin.

Enfin, après un dernier cri déchirant, l'ombre se désintégra, laissant derrière elle une fumée noire qui s'évapora rapidement. La crypte retomba dans un silence pesant, seulement brisé par le souffle court d'Émilie et le ronronnement apaisant de Shiro, qui se frotta contre sa jambe pour la réconforter.

Au centre de la salle, là où se tenait l'ombre, un petit piédestal était maintenant visible. Sur ce dernier reposait un fragment de cristal, brillant d'une lumière douce et rassurante. Émilie s'approcha, tendant la main avec précaution.

Lorsqu'elle toucha le cristal, une vision s'imposa à elle. Elle vit des images de Visé telle qu'elle était il y a des siècles : une ville prospère mais corrompue par un culte secret qui avait cherché à invoquer un pouvoir interdit. Elle vit également des figures héroïques, des érudits et des magiciens qui avaient sacrifié leur vie pour sceller cette puissance dans les profondeurs. Le cristal, ainsi que son amulette, étaient des fragments de ce sceau.

La vision s'effaça, laissant Émilie avec un mélange d'émerveillement et de crainte. Elle comprenait mieux maintenant pourquoi l'ombre protégeait ce lieu, mais aussi pourquoi elle ne pouvait abandonner sa quête. Ces fragments étaient les clés d'un mystère plus grand, un mystère qui avait des ramifications bien au-delà de Visé.

Alors qu'Émilie et Shiro remontaient les escaliers, une étrange sérénité les enveloppa. La nuit était calme, les étoiles brillant haut dans le ciel. Mais elle savait que cette victoire n'était qu'une étape. D'autres défis l'attendaient, et le cristal dans sa poche semblait peser plus lourd qu'il n'aurait dû.

Elle posa un regard déterminé sur l'horizon. *« Allons-y, Shiro. Liège nous attend. »*

Son compagnon félin la suivit, ses yeux brillants reflétant la lueur des étoiles.

Chapitre 15 : Vers Liège

Après leur confrontation dans la crypte de Visé, Émilie et Shiro se retrouvèrent sous un ciel étoilé, la brise nocturne caressant leur peau comme un rappel apaisant de leur victoire récente. Cependant, l'esprit d'Émilie restait troublé. Le fragment qu'elle avait récupéré pulsait faiblement dans sa poche, une énergie similaire à celle de l'amulette, mais plus mystérieuse encore. La route vers Liège s'étirait devant eux, bordée de champs obscurs et de collines silencieuses.

Shiro marchait à ses côtés, son pas léger et alerte. Son compagnon semblait aussi méfiant qu'elle face aux ténèbres environnantes. Le monde autour d'eux paraissait étrangement calme, comme s'il retenait son souffle avant la prochaine tempête.

Alors qu'ils s'enfonçaient dans la campagne, Émilie remarqua que la route semblait plus ancienne qu'elle ne l'aurait cru. Les pavés irréguliers portaient des gravures usées, des symboles indéchiffrables qu'elle n'avait jamais vus auparavant. Intriguée, elle s'agenouilla pour examiner de plus près une pierre où un motif de spirale entourait une figure humaine à moitié effacée.

« *Ces gravures... elles racontent quelque chose, mais quoi ?* » murmura-t-elle en effleurant la pierre du bout des doigts.

Shiro s'arrêta à ses côtés, ses oreilles dressées. Un léger grondement monta de sa gorge, attirant l'attention d'Émilie. Le vent semblait s'être levé soudainement, emportant avec lui un murmure, presque imperceptible.

« *Émilie...* » La voix s'éteignit aussi rapidement qu'elle était apparue.

Elle se releva précipitamment, le cœur battant. Était-ce une hallucination ou un avertissement ? Elle n'avait pas le temps de réfléchir davantage. La ville de Liège n'était plus très loin, et le poids des reliques dans ses poches lui rappelait qu'elle devait avancer.

À l'aube, ils atteignirent les premières rues de la ville. Liège s'éveillait lentement, ses habitants se pressant déjà dans les ruelles pavées pour commencer leur journée. Les clochers des églises anciennes se découpaient sur un ciel rosé, et les marchés s'installaient avec une effervescence qui contrastait avec l'atmosphère pesante de Visé.

Émilie sentit une étrange dualité en marchant dans la ville : sous son apparente vitalité, elle percevait une tension, une énergie latente qui semblait tissée dans chaque pierre, chaque ombre projetée par les bâtiments.

Elle s'arrêta un instant sur la place Saint-Lambert, où une statue imposante semblait la fixer. Elle avait entendu des légendes sur ce lieu : l'ancien palais épiscopal, qui avait été détruit, avait autrefois servi de bastion pour des érudits et des magiciens. Les rumeurs disaient que des rituels y avaient été menés, certains pour protéger la ville, d'autres pour invoquer des forces bien plus sombres.

Un vieil homme, assis près de la fontaine centrale, semblait fixer Émilie. Il tenait une canne sculptée avec soin, sur laquelle était gravé un motif en spirale similaire à celui qu'elle avait vu sur la route. Intriguée, elle s'approcha.

« Vous cherchez quelque chose, mademoiselle ? » demanda-t-il d'une voix grave mais bienveillante.

« Peut-être... Je suis à la recherche d'indices sur l'histoire ancienne de Liège. Des légendes, des récits oubliés... » Elle hésita avant d'ajouter : *« Peut-être même sur des artefacts anciens. »*

L'homme esquissa un sourire énigmatique. *« Liège est pleine d'histoires, certaines qu'il vaut mieux laisser dormir. Mais si vous insistez, allez donc voir les Archives de la Cathédrale Saint-Paul. Beaucoup de vérités y reposent, bien que certaines soient mieux gardées que d'autres. »*

Avant qu'elle ne puisse poser davantage de questions, il se leva avec difficulté et s'éloigna, disparaissant rapidement dans la foule.

Suivant le conseil du vieil homme, Émilie se rendit à la cathédrale Saint-Paul. L'édifice imposant, avec ses vitraux lumineux et ses gargouilles menaçantes, semblait surveiller la ville. À l'intérieur, une atmosphère de calme régnait, seulement perturbée par le murmure des prières et les pas feutrés des visiteurs.

Dans une aile plus retirée, Émilie trouva une petite porte menant aux archives. Elle dut convaincre le gardien, un homme trapu et méfiant, de la laisser entrer, prétextant des recherches généalogiques. Une fois à l'intérieur, elle fut émerveillée par les rayonnages chargés de manuscrits anciens et de parchemins jaunis.

Shiro, toujours à ses côtés, bondit sur une table en bois, son regard suivant les mouvements de sa maîtresse. Émilie se mit à fouiller méthodiquement, attirée par les ouvrages ornés de symboles familiers.

Après une heure de recherches, elle tomba sur un journal. Les pages, écrites dans une écriture cursive élégante mais difficile à déchiffrer, parlaient de visions, de rituels et d'une prophétie liée à la ville. Un passage attira particulièrement son attention :

« Lorsque la lumière et l'ombre convergeront, le porteur de la relique devra choisir. Le destin de Liège reposera sur ses épaules. »

Elle sentit un frisson la parcourir. Était-ce un avertissement ? Était-elle cette « porteuse de relique » ? Son esprit s'emballa avec plus de questions que de réponses.

Alors qu'elle s'apprêtait à quitter les archives, elle sentit une présence derrière elle. Une femme, vêtue d'une robe noire élégante, se tenait là, son regard perçant fixé sur Émilie. Ses cheveux argentés reflétaient la lumière tamisée des lieux.

« *Vous fouillez dans des affaires qui ne vous concernent pas, jeune femme,* » dit-elle d'une voix douce mais empreinte d'autorité. « *Savez-vous seulement ce que vous risquez ?* »

Émilie recula légèrement, sa main glissant instinctivement vers l'amulette dans sa poche. « *Je cherche des réponses, pas des ennuis. Mais si vous en savez plus, je suis prête à écouter.* »

La femme esquissa un sourire en coin. « *Vous êtes courageuse, ou peut-être simplement ignorante. Dans tous les cas, vous portez quelque chose qui attire des regards que vous ne souhaitez pas croiser.* »

Avant qu'Émilie ne puisse répondre, la femme tourna les talons et disparut dans un couloir latéral. Le mystère s'épaississait, et Émilie sentait que son arrivée à Liège n'était que le début de nouveaux défis.

De retour à son auberge, Émilie s'assit près de la fenêtre, observant la ville s'endormir lentement. Les lumières des réverbères et des habitations dansaient sur la Meuse, créant un tableau apaisant malgré l'agitation dans son esprit.

Shiro sauta sur le rebord, se frottant contre son bras. Elle lui murmura doucement : « *Je ne sais pas où tout cela nous mènera, mais je sais que je ne peux pas faire marche arrière maintenant.* »

La lune brillait haut dans le ciel, et, pour un instant, Émilie sentit un mélange de peur et d'espoir l'envahir. Les fragments de vérité qu'elle avait collectés ne formaient qu'un puzzle incomplet. Mais une chose était claire : la clé de tout reposait quelque part dans les profondeurs mystérieuses de Liège.

Chapitre 16 : Les Mystères Profonds de Liège

Liège plongeait dans une obscurité apaisante, seulement éclairée par la lumière diffuse des réverbères et des étoiles au-dessus. Les rues pavées semblaient s'étirer comme un labyrinthe sans fin, chaque ruelle cachant une promesse de mystère. Émilie, suivie de près par Shiro, avançait lentement, attentive aux murmures discrets portés par le vent. Une sensation étrange imprégnait l'air, comme si la ville elle-même observait ses moindres mouvements.

La place Saint-Lambert, pourtant animée en journée, était déserte, empreinte d'une atmosphère presque sacrée. Émilie s'arrêta devant une vieille fontaine dont l'eau semblait refléter des ombres dansantes. Elle ne put s'empêcher de murmurer : *« Liège n'est pas seulement une ville... C'est un livre ouvert, ses ruelles en sont les pages. Mais il faut encore apprendre à les lire. »*

Shiro, vigilant, restait près d'elle, ses oreilles fréquemment dressées à l'écoute des moindres sons. Il grogna soudain, attirant l'attention d'Émilie. À quelques mètres de là, une silhouette semblait les observer depuis une arche obscure. Elle eut à peine le temps de distinguer un mouvement avant que la figure ne disparaisse dans la nuit. Son instinct lui dictait de suivre, mais elle savait que précipiter les choses pouvait se révéler dangereux.

Guidée par une intuition tenace, Émilie s'engagea dans un passage étroit, ses pas résonnant sur les pavés irréguliers. Les bâtiments anciens semblaient se pencher sur elle, comme s'ils chuchotaient des secrets oubliés. Une fresque effacée par le temps attira son attention. Elle montrait des figures drapées dans des vêtements anciens, des flammes dansant à leurs pieds. Au-dessus, une inscription en latin lisible malgré les siècles écoulés semblait gravée dans la pierre : *"Lux et Umbra, simul existunt."* (« La lumière et l'ombre coexistent. »)

Émilie frissonna. Ces mots semblaient s'adresser directement à elle. Le fragment qu'elle avait récupéré à Visé réagit subtilement, émettant une chaleur douce dans sa poche. *« Ce n'est pas une coïncidence... »* murmura-t-elle. Shiro frotta sa tête contre son mollet, comme pour l'encourager.

Plus elle avançait, plus les ruelles se faisaient oppressantes, leurs recoins abritant des ombres mouvantes. L'amulette, pourtant calme jusqu'ici, commença à vibrer légèrement. Émilie sentit l'énergie familière monter en elle, la même qu'elle avait ressentie dans la crypte de Visé. Cette fois, elle ne se laisserait pas surprendre.

Au bout d'une ruelle bordée de murs couverts de lierre, elle découvrit une vieille église dont l'architecture gothique semblait avoir défié les siècles. Ses tours imposantes se découpaient contre le ciel étoilé, et les vitraux brisés lui donnaient une allure fantomatique. Shiro s'arrêta, grondant faiblement. Émilie posa une main apaisante sur sa tête avant de pousser les lourdes portes en bois.

À l'intérieur, l'obscurité semblait vivante, épaissie par l'absence de toute lumière extérieure. L'odeur de bois pourri et de pierre humide envahissait ses narines. La faible lueur de son artefact projetait des ombres dansantes sur les murs, révélant des gravures mystérieuses : des spirales entrelacées et des figures humanoïdes se déployaient en motifs complexes.

Elle avança lentement, chaque pas résonnant comme un écho d'un autre temps. Devant l'autel, un cercle runique était gravé dans le sol, marqué par des siècles d'usure. Au centre, un objet scintillait faiblement. Elle s'en approcha, mais un grondement sourd l'arrêta net.

Une ombre mouvante émergea lentement des ténèbres, grandissant à mesure qu'elle s'approchait du cercle runique. Elle prit une forme vaguement humanoïde, ses contours flous et changeants. Une voix grave, profonde, résonna dans l'espace : « *Tu viens troubler le sanctuaire des anciens. Ta lumière ne fait qu'exacerber les ténèbres.* »

Émilie raffermit sa prise sur l'amulette, l'énergie qu'elle émettait semblant instinctivement contrer la présence oppressante. « *Je ne cherche pas à détruire, seulement à comprendre. Les secrets de cette ville me guident depuis le début, et je ne partirai pas sans réponses.* »

L'ombre ricana, un son glacial qui résonna dans toute l'église. « *Les réponses que tu cherches exigent un prix, mortelle. Es-tu prête à payer ce qu'il faut ?* »

Avant qu'Émilie ne puisse répondre, l'ombre fondit sur elle, ses appendices se déployant en tentacules sombres. Shiro bondit, ses griffes luisant à la lumière de l'artefact, déchirant l'un des tentacules. Émilie, quant à elle, brandit l'amulette, laissant son énergie jaillir en une vague lumineuse qui repoussa temporairement l'ombre.

La salle fut plongée dans un chaos de lumière et d'ombres. L'ombre attaquait avec une férocité croissante, ses tentacules s'enroulant autour des colonnes et se projetant vers Émilie. Elle esquiva de justesse, récitant une incantation apprise auprès de Laurence. La lumière émise par l'amulette forma un bouclier autour d'elle, contrant les assauts les plus violents.

Shiro, infatigable, continuait de harceler la créature, distrayant l'ombre suffisamment pour permettre à Émilie de rassembler son énergie. Elle sentait une force nouvelle émerger en elle, une connexion profonde entre l'artefact, le fragment récupéré à Visé et la magie qu'elle maîtrisait de mieux en mieux.

« C'est fini ! » cria-t-elle, canalisant toute son énergie dans un dernier sort. La lumière éclata dans un flash aveuglant, dissipant l'ombre dans un cri déchirant.

Alors que le calme revenait, Émilie se laissa tomber à genoux, épuisée mais victorieuse. Shiro s'approcha, son pelage couvert de poussière, mais son regard vif et protecteur. Le cercle runique au sol brillait faiblement, révélant une inscription jusque-là cachée : *« La lumière et l'ombre doivent s'unir pour que la balance soit rétablie. »*

Émilie déchiffra lentement les mots, sentant leur signification peser lourdement sur elle. Peut-être que son combat ne se limitait pas à détruire les ténèbres, mais à comprendre leur rôle dans l'équilibre du monde. L'idée la troubla profondément.

Près du cercle, elle trouva un nouveau fragment, similaire à celui récupéré à Visé. Lorsqu'elle le toucha, une vision fugace lui apparut : un grand arbre aux racines plongeant profondément dans la terre, ses branches s'élevant vers un ciel étoilé. Une voix douce, presque chantante, chuchota : *« La vérité est enracinée dans l'équilibre. Continue, Émilie, le chemin est encore long. »*

Elle s'immobilisa au centre de l'église, le fragment en main, tandis que Shiro tournait autour d'elle, les oreilles dressées. La lumière tamisée de la lune perçait à travers les vitraux brisés, projetant des ombres mouvantes sur les murs. Elle observa attentivement les motifs gravés dans la pierre, son esprit en proie à une curiosité insatiable.

Au loin, une faible lueur dorée attira son regard, filtrant à travers une fissure dans le mur. L'amulette qu'elle portait vibra doucement, comme pour lui indiquer un chemin. Émilie sentit une nouvelle vague de détermination l'envahir.

« Il y a encore quelque chose ici, » murmura-t-elle.

Shiro feula légèrement, comme pour confirmer son intuition. Ensemble, ils s'avancèrent prudemment vers la lumière, leurs pas résonnant dans le silence sacré de l'église.

Chapitre 17 : La Révélation à Liège

Le passage étroit s'ouvrit sur une pièce dissimulée dans les profondeurs de l'église, baignée d'une lumière dorée provenant d'une source inconnue. L'air y était étrangement frais, et un silence presque sacré emplissait les lieux. Émilie resta immobile un instant, captivée par la vue des artefacts anciens disposés sur des autels en pierre. Les ombres dansaient doucement sur les murs, projetées par la lumière mystérieuse.

Shiro s'avança prudemment, reniflant l'air avec curiosité. Ses mouvements fluides et silencieux reflétaient l'attention qu'il portait au moindre détail, prêt à défendre Émilie au moindre signe de danger. Elle posa une main rassurante sur son dos, partageant un moment de calme avec son fidèle compagnon.

« Ces artefacts... » murmura-t-elle, ses yeux parcourant les reliques poussiéreuses, *« ils racontent une histoire, mais laquelle ? »*

Des parchemins ornés d'écritures anciennes et des objets rituels usés par le temps jonchaient les autels. Émilie fut attirée par une fresque gravée sur l'un des murs. Elle représentait un arbre gigantesque dont les racines semblaient s'enfoncer dans les profondeurs de la terre, tandis que ses branches s'étendaient vers le ciel étoilé. Des silhouettes humaines étaient disposées autour de l'arbre, certaines entourées de halos lumineux, d'autres plongées dans des ombres épaisses.

Elle effleura la fresque du bout des doigts, ressentant une étrange connexion. Les symboles gravés au bas de l'arbre correspondaient à ceux qu'elle avait aperçus à Visé, renforçant son intuition que tout était lié. L'amulette dans sa poche émit une chaleur réconfortante, comme pour confirmer ses soupçons.

Shiro, assis à ses pieds, la fixait intensément, ses yeux vert brillant dans la pénombre. Émilie se pencha vers lui. *« Tu le sens aussi, n'est-ce pas ? Quelque chose ici veut être découvert. »*

Sur un piédestal central reposait un livre ancien, relié de cuir craquelé. Des symboles similaires à ceux gravés sur les murs ornaient sa couverture, et une lumière douce semblait émaner de ses pages scellées par une bande de tissu rouge. Émilie sentit son cœur s'accélérer. Elle tendit la main, mais hésita.

Un murmure à peine perceptible résonna dans la pièce, comme une voix lointaine portée par le vent :
« La lumière éclaire les ténèbres, mais seule l'union des deux révèle la vérité. »

Elle ferma les yeux un instant, prenant une profonde inspiration avant de saisir le livre. Lorsqu'elle le fit, une vague d'énergie la traversa, la plongeant dans une vision : des images floues d'un passé oublié défilèrent devant ses yeux. Elle vit des sorciers autour de l'arbre représenté sur la fresque, prononçant des incantations pour sceller un pouvoir terrifiant. Elle aperçut également une silhouette féminine portant une amulette similaire à la sienne, entourée d'une lumière éblouissante.

Émilie rouvrit les yeux, légèrement tremblante. *« C'était une sorcière, tout comme moi... mais qui était-elle ? »*

Elle dénoua la bande de tissu et ouvrit lentement le livre. Les pages jaunies révélaient des écrits en latin et des dessins complexes. Elle trouva une description de l'arbre sacré, nommé Arbor Aeternum, un point de convergence entre la lumière et l'obscurité. Selon les écrits, l'arbre possédait le pouvoir de rétablir l'équilibre du monde, mais il pouvait également déchaîner une force destructrice si mal utilisé.

Alors qu'elle lisait, une voix grave résonna dans la pièce, brisant le silence.
« Porteuse de lumière, pourquoi viens-tu troubler le repos des anciens ? »

Émilie sursauta, se retournant brusquement. Une silhouette translucide émergea des ombres, son corps scintillant faiblement. C'était un homme vêtu de robes anciennes, son visage marqué par une expression grave. Il ne semblait ni hostile ni bienveillant, mais sa présence imposait le respect.

« *Je ne cherche pas à troubler quoi que ce soit,* » répondit Émilie, sa voix plus ferme qu'elle ne l'aurait cru. « *Je veux comprendre. Pourquoi ces secrets m'appellent-ils ? Quel est mon rôle dans tout cela ?* »

L'homme inclina légèrement la tête.

« *Chaque porteur a un rôle à jouer. Mais sache que les réponses que tu cherches ne viendront pas sans sacrifices. L'arbre sacré peut apporter la paix comme le chaos. Es-tu prête à en accepter les conséquences ?* »

Elle serra le livre contre elle, consciente du poids de ses paroles. « *Je n'ai pas choisi ce chemin, mais je suis prête à aller jusqu'au bout.* »

La silhouette sembla évaluer sa réponse avant de disparaître lentement, laissant derrière elle un silence encore plus profond. Shiro feula doucement, comme pour signaler que le danger était passé.

Après un dernier examen de la pièce, Émilie sortit lentement de la salle secrète, le livre précieux dans les bras. Elle s'arrêta au seuil de l'église, contemplant l'aube qui colorait les rues de Liège d'une lumière douce. Shiro trottait à ses côtés, son pelage légèrement ébouriffé par les événements de la nuit.

« *Ce n'est que le début,* » murmura-t-elle, une détermination nouvelle dans la voix. Elle savait qu'elle devait maintenant comprendre comment utiliser les fragments qu'elle avait collectés et découvrir le rôle exact de l'arbre sacré dans son destin.

Tandis qu'elle s'éloignait de l'église, Émilie sentit un mélange de peur et d'excitation. Les mystères de Liège ne faisaient que s'épaissir, mais elle se sentait prête à les affronter. Chaque pas qu'elle faisait dans les rues pavées la rapprochait d'une vérité qu'elle savait essentielle, non seulement pour elle, mais pour le monde tout entier.

Chapitre 18 : Les Ténèbres Révélées

Les premiers rayons du soleil filtraient à travers les rues encore silencieuses de Liège, peignant les façades de lumière dorée. Émilie et Shiro quittèrent l'église, portant en eux le poids des découvertes de la nuit précédente. Pourtant, un malaise persistant continuait de hanter Émilie, une impression tenace que ce qu'ils avaient découvert n'était qu'une infime partie d'un mystère bien plus grand.

Elle caressa doucement la reliure du livre qu'elle avait trouvé, enfoui dans son sac. Son esprit était submergé par les visions qu'il avait éveillées, des images de sorciers, d'incantations et d'un arbre d'une majesté effrayante. Shiro, marchant près d'elle, restait silencieux mais alerte, ses mouvements empreints de prudence.

« Nous devons comprendre davantage, Shiro, » murmura-t-elle, brisant le silence. Ses mots flottaient dans l'air comme une prière. *« Cet arbre... il est lié à tout. Mais comment ? »*

Shiro releva les yeux vers elle, ses pupilles félines brillant d'une intelligence silencieuse, comme s'il comprenait l'importance de leurs prochaines actions.

Alors qu'Émilie déambulait dans les ruelles pavées, elle fut frappée par l'atmosphère qui semblait avoir changé. Liège, avec ses bâtiments historiques et ses places animées, paraissait différente sous cette lumière du matin. Les ombres semblaient s'étirer plus longtemps, leurs formes dansant au rythme d'une mélodie invisible.

Elle s'arrêta devant une boutique d'antiquités, ses vitrines regorgeant de bibelots anciens et de livres poussiéreux. Une pancarte usée pendait à la porte : *« Aux Trésors du Passé ».* L'instinct d'Émilie lui soufflait qu'elle devait entrer.

À l'intérieur, l'air était chargé d'un mélange de poussière et de mystère. Une femme d'âge mûr se tenait derrière le comptoir, ses lunettes posées sur le bout de son nez. Elle releva la tête en entendant le tintement de la cloche.

« Vous cherchez quelque chose de précis, mademoiselle ? » demanda-t-elle avec un sourire chaleureux, mais teinté de curiosité.

Émilie hésita un instant avant de répondre. *« Des histoires anciennes, des légendes sur Liège. Peut-être quelque chose lié à l'Arbor Aeternum ? »*

Le sourire de la femme s'effaça légèrement, remplacé par une expression plus grave. *« L'Arbor Aeternum ? Peu de gens osent parler de cela. Suivez-moi. »*

Elle guida Émilie et Shiro vers l'arrière-boutique, où des étagères entières croulaient sous des manuscrits. La femme sortit un livre relié de cuir, ses mains tremblantes. Elle l'ouvrit à une page où une illustration grossière représentait un arbre semblable à celui qu'Émilie avait vu sur la fresque.

« On raconte que cet arbre est la source de tout pouvoir mystique dans notre région, » murmura-t-elle. *« Mais il est aussi une malédiction. Ceux qui cherchent à le contrôler finissent par se perdre. Il est dit qu'il faut un équilibre parfait pour le comprendre. Mais peu ont réussi... et beaucoup ont péri. »*

Alors qu'Émilie quittait la boutique, ses pensées tourbillonnant, une silhouette attira son attention. Debout à l'ombre d'un porche, un homme en manteau sombre semblait la fixer. Son visage était partiellement caché, mais ses yeux luisaient d'une intensité glaciale.

Il s'avança lentement, chaque pas résonnant sur les pavés. Émilie sentit l'amulette dans sa poche vibrer légèrement, comme un avertissement. Shiro gronda faiblement, se plaçant devant elle.

« Porteuse de lumière, » dit l'homme d'une voix grave, *« tu joues avec des forces qui te dépassent. »*

Émilie raffermit sa prise sur son sac, où reposaient le livre et les fragments collectés jusqu'à présent. *« Qui êtes-vous ? »* demanda-t-elle, sa voix trahissant à peine son inquiétude.

Il esquissa un sourire froid. *« Un gardien. Ou peut-être un avertissement. L'arbre que tu cherches ne t'apportera ni réconfort, ni réponses. Seulement des choix. Et chaque choix exige un sacrifice. »*

Avant qu'elle ne puisse répondre, il disparut dans un éclair d'ombre, comme s'il n'avait jamais été là. Émilie posa une main sur son cœur, qui battait à tout rompre. Shiro se rapprocha d'elle, frottant sa tête contre sa jambe pour la rassurer.

Plus tard, alors qu'elle traversait une place isolée, le vent se leva soudain, froid et tranchant. Des murmures indistincts emplirent l'air, grandissant en intensité jusqu'à devenir un véritable rugissement. Les ombres des bâtiments semblèrent s'étirer, convergeant vers elle.

Émilie tira l'amulette de sa poche, sa lumière perçant les ténèbres croissantes. Mais cette fois, la réaction fut plus violente : une force invisible la projeta en arrière, l'envoyant rouler sur les pavés. Shiro bondit devant elle, ses crocs étincelants dans la faible lumière.

Une ombre immense se forma devant eux, prenant la forme d'un être humanoïde aux contours flous. Une voix caverneuse résonna, emplissant l'espace : *« Tu ne peux fuir, porteuse. L'arbre n'appartient ni à la lumière, ni à l'ombre. Pourquoi insistes-tu ? »*

Émilie se releva difficilement, son regard brûlant de détermination. Elle serra l'amulette, sentant son énergie circuler à travers elle. *« Parce que je ne fuis pas. Je cherche la vérité. Et rien ne m'arrêtera. »*

La créature chargea, ses appendices sombres se projetant vers elle. Émilie esquiva de justesse, lançant une onde lumineuse avec l'amulette. Shiro attaqua simultanément, mordant et griffant la forme ténébreuse. Le combat fut intense, chaque coup porté par Émilie affaiblissant légèrement la créature.

Elle murmura une incantation apprise dans les écrits de Laurence :
« Par la lumière et l'ombre unies, je scelle le chaos et libère l'équilibre. »

La lumière jaillit de l'amulette, enveloppant la place dans une éclatante radiance. L'ombre hurla avant de se dissiper, emportée par le vent. Émilie s'effondra à genoux, haletante, tandis que Shiro se tenait à ses côtés, le pelage hérissé mais indemne.

Alors que le calme revenait, Émilie remarqua une inscription gravée dans les pavés, là où se tenait la créature. Les mots, en latin, semblaient briller faiblement :
« La lumière est une illusion sans l'ombre. L'équilibre est la clé. »

Elle répéta ces mots à voix basse, sentant leur signification résonner en elle. Peut-être que tout ce qu'elle avait appris jusque-là n'était qu'un fragment de la vérité. Peut-être que son rôle n'était pas de détruire les ténèbres, mais de les comprendre, de les accepter comme une partie nécessaire de l'équation.

Alors qu'elle quittait la place, le livre dans son sac sembla peser plus lourd. Le chemin qu'elle avait emprunté devenait de plus en plus clair : elle devait trouver cet équilibre, non seulement pour sauver Liège, mais aussi pour se sauver elle-même.

Chapitre 19 : La Quête de l'Équilibre

La lumière du jour peinait à percer les nuages lourds qui enveloppaient Liège, accentuant l'atmosphère pesante de la ville. Émilie avançait avec détermination dans les ruelles pavées, Shiro marchant à ses côtés. Ses découvertes récentes tournaient en boucle dans son esprit : l'Arbor Aeternum, les visions du passé et cette étrange inscription murmurant la nécessité d'un équilibre entre la lumière et l'ombre.

Elle s'arrêta un instant devant une petite place déserte, dominée par une statue en pierre usée par le temps. Il s'agissait de Saint Lambert, le saint patron de la ville. Autour de la statue, des inscriptions gravées semblaient raconter des récits anciens. L'une d'entre elles attira particulièrement son attention : une spirale entremêlée de rayons lumineux et de lignes sombres, une représentation frappante du concept d'équilibre qu'Émilie poursuivait.

« Tout semble me ramener à cette idée d'harmonie... Mais comment l'atteindre ? » murmura-t-elle, ses doigts effleurant la spirale gravée.

Shiro, alerte, leva brusquement la tête, ses oreilles pivotant vers un bruit imperceptible à Émilie. Il grogna faiblement avant de se tourner vers une ruelle adjacente.

« *Tu as trouvé quelque chose ?* » demanda Émilie en suivant son regard. Elle tira l'amulette de sa poche, espérant qu'elle lui indiquerait une direction.

La pierre centrale de l'amulette émit une faible lueur, réagissant à une énergie à peine perceptible. Émilie se redressa et se prépara à suivre Shiro, qui avançait déjà avec précaution. Leurs pas les menèrent dans une zone moins fréquentée de la ville, où les façades délabrées semblaient avoir été abandonnées depuis des décennies.

Dans une rue bordée de maisons en ruine, Émilie sentit un frisson lui parcourir l'échine. L'air semblait chargé d'électricité, et l'amulette brillait légèrement, comme pour lui indiquer qu'elle approchait de quelque chose d'important. Devant elle se dressait une porte massive, ornée de symboles familiers.

Elle posa une main sur le bois rugueux, sentant une chaleur étrange émaner de la surface. « *C'est ici,* » murmura-t-elle, plus pour elle-même que pour Shiro.

Elle poussa la porte, qui s'ouvrit avec un grincement sinistre. Derrière, un escalier en colimaçon descendait dans les entrailles de la terre. L'air était froid et humide, et les murs de pierre suintaient légèrement. Émilie hésita un instant avant de descendre, serrant l'amulette dans sa main pour se rassurer.

Shiro la précédait, ses pas silencieux mais déterminés. La descente leur sembla interminable, mais finalement, ils débouchèrent dans une grande salle voûtée. Au centre de la pièce se trouvait un autel de pierre, entouré de runes gravées dans le sol. La lumière de l'amulette illumina la scène, révélant des fresques murales représentant des batailles entre des silhouettes lumineuses et des créatures d'ombre.

« Cet endroit... on dirait qu'il a été créé pour protéger quelque chose, » dit Émilie à voix basse.

Elle s'approcha de l'autel et vit une inscription gravée sur la pierre : *« L'équilibre se trouve là où la lumière et l'ombre dansent ensemble. »*

Avant qu'elle ne puisse analyser davantage les gravures, une ombre mouvante surgit des ténèbres. Elle prit rapidement forme, révélant un être humanoïde aux contours flous, semblable à celui qu'elle avait affronté auparavant. Cependant, cette fois, la créature semblait plus imposante, son aura malveillante emplissant la salle.

« Tu viens encore troubler notre sanctuaire, » gronda une voix caverneuse. *« Penses-tu que la lumière seule puisse vaincre les ténèbres ? »*

Émilie recula instinctivement, levant l'amulette qui brillait d'une intensité croissante. *« Je ne cherche pas à détruire, »* répondit-elle, sa voix tremblant légèrement.

« Je veux comprendre. Pourquoi ces forces sont-elles si liées ? Et quel est mon rôle dans tout cela ? »

La créature la fixa de ses yeux brillants, puis ricana sombrement. *« Tu es encore trop faible pour comprendre. Mais si tu veux prouver ta valeur, montre-moi que tu es digne de porter cette lumière. »*

Sans avertissement, l'ombre chargea, ses appendices sombres s'étendant pour frapper Émilie. Elle esquiva de justesse, lançant une onde lumineuse qui illumina la salle. Shiro bondit, griffant la créature avec une précision féline, mais ses attaques semblaient à peine l'affaiblir.

Le combat fut intense. Les ombres dansaient autour d'Émilie, se refermant sur elle à chaque mouvement. Elle utilisa l'amulette pour repousser les assauts les plus violents, mais elle savait que cette stratégie ne tiendrait pas indéfiniment.

Soudain, une idée lui traversa l'esprit : et si l'équilibre ne signifiait pas détruire, mais unir ? Elle se concentra, cherchant à canaliser non seulement la lumière, mais aussi l'énergie sombre qui l'entourait.

« L'équilibre se trouve là où la lumière et l'ombre dansent ensemble, » murmura-t-elle en fermant les yeux. Elle sentit l'énergie de l'amulette changer, son éclat devenant moins intense mais plus stable. Elle tendit la main, laissant l'énergie sombre s'approcher.

La créature hésita, comme si elle percevait le changement. *« Que fais-tu ? »* demanda-t-elle, sa voix empreinte de méfiance.

« *Je comprends maintenant,* » répondit Émilie, ouvrant les yeux. « *Ce n'est pas une bataille entre lumière et ombre. C'est une danse.* »

Elle fusionna les deux énergies, créant une lumière douce mais puissante qui remplit la salle. La créature hurla, non de douleur, mais d'étonnement, avant de disparaître dans un tourbillon d'ombres.

Émilie tomba à genoux, épuisée mais étrangement sereine. L'autel devant elle s'ouvrit, révélant un fragment semblable à celui qu'elle avait trouvé à Visé. Elle le prit délicatement, sentant une vague de chaleur réconfortante l'envahir.

Une voix douce résonna dans la salle, semblant venir de nulle part : « *Tu as franchi une étape importante, porteuse. Mais le chemin est encore long.* »

Shiro s'approcha d'elle, ronronnant doucement comme pour la réconforter. Émilie serra le fragment contre elle, déterminée à aller de l'avant. « *Je ne sais pas encore tout, mais je commence à comprendre. L'équilibre n'est pas une fin. C'est un chemin.* »

Elle quitta la salle avec Shiro, remontant lentement l'escalier en colimaçon. Le monde à la surface semblait légèrement différent, comme si la ville elle-même avait ressenti le changement en elle. Le ciel s'était éclairci, et une brise légère caressait son visage.

Alors qu'elle avançait dans les rues de Liège, elle savait que le vrai défi restait à venir. Mais pour la première fois depuis longtemps, elle se sentait prête à l'affronter.

Chapitre 20 : Les Racines de l'Héritage

Liège s'éveillait doucement sous une lumière tamisée, mais une atmosphère pesante semblait envelopper la ville. Les rues pavées et les bâtiments anciens semblaient murmurer des histoires oubliées, et Émilie marchait d'un pas déterminé, son esprit alourdi par les révélations et les questions qui tourbillonnaient en elle. À ses côtés, Shiro avançait silencieusement, ses yeux vifs scrutant les alentours.

Depuis qu'elle avait quitté la crypte et découvert les fragments de l'Arbor Aeternum, Émilie ressentait une étrange connexion avec la ville. Chaque pierre, chaque recoin semblait l'appeler, comme si Liège elle-même avait un rôle à jouer dans son destin.

Elle s'arrêta devant la majestueuse cathédrale Saint-Paul, ses gargouilles sculptées semblant la fixer comme des gardiens silencieux. Émilie passa une main sur l'amulette dans sa poche, sentant la chaleur familière du cristal. *« Il y a quelque chose ici... quelque chose que je dois découvrir. »*

En pénétrant dans la cathédrale, Émilie fut immédiatement frappée par la solennité du lieu. Les rayons colorés des vitraux dansaient sur les murs, créant une atmosphère presque mystique. Alors qu'elle avançait vers l'autel, une voix douce mais autoritaire retentit derrière elle.

« *Tu es enfin là, Émilie Simonon.* »

Elle se retourna brusquement pour voir une femme d'un certain âge, vêtue d'une robe sombre, se tenir près d'un banc. Ses cheveux gris ondulaient légèrement sous la lumière des bougies, et son regard semblait percer les profondeurs de l'âme.

« *Qui êtes-vous ?* » demanda Émilie, méfiante mais intriguée.

« *Je suis Béatrice, gardienne des secrets de cette ville. Et je suis ici pour t'aider à comprendre ton héritage,* » répondit la femme en avançant lentement. « *Tu te demandes pourquoi tu ressens cet appel, pourquoi cette quête te paraît si personnelle. La réponse est dans ton sang.* »

Émilie fronça les sourcils. « *Mon sang ? Que voulez-vous dire ?* »

Béatrice lui sourit, mais son expression était teintée de gravité. « *Tu es une Simonon, Émilie. Une descendante directe de la branche parallèle de la famille Simenon de Belgique.* »

Ces mots résonnèrent dans l'esprit d'Émilie, déclenchant une cascade de souvenirs flous : des récits racontés par sa grand-mère, des murmures sur des ancêtres oubliés et des symboles qu'elle ne comprenait pas. « *Simenon ? Comme la célèbre famille ? Mais je... je n'ai jamais entendu parler de cette branche.* »

Béatrice hocha lentement la tête. *« C'est parce qu'elle agit dans l'ombre. Tandis que les Simenon que le monde connaît se distinguaient dans les arts, la littérature, et la vie publique, les Simonon avaient une mission bien différente. Ils étaient les protecteurs des secrets ancestraux et les gardiens de la lumière. Leur devoir était de maintenir l'équilibre entre lumière et ténèbres, souvent au prix de leur anonymat. »*

Émilie sentit un frisson lui parcourir l'échine. *« Pourquoi personne ne m'a jamais parlé de ça ? Pourquoi ma famille ne m'a-t-elle rien dit ? »*

Béatrice posa une main rassurante sur son épaule. *« Parce que cette mission est dangereuse, Émilie. Beaucoup ont péri en essayant de protéger ces secrets. Tes parents pensaient peut-être te protéger en gardant le silence. Mais le destin a sa manière de rattraper ceux qui sont appelés. Et toi, tu as été choisie. »*

Béatrice guida Émilie et Shiro vers une porte cachée derrière une statue dans une aile latérale de la cathédrale. Avec une clé ornée de runes anciennes, elle ouvrit un passage qui menait à un escalier en colimaçon plongeant dans les profondeurs. *« Viens, il est temps que tu découvres la vérité sur ton héritage. »*

Le groupe déboucha dans une crypte voûtée, éclairée par des torches vacillantes. Au centre, une table en marbre était recouverte de symboles gravés, et une boîte en métal finement ornée reposait dessus. Béatrice fit signe à Émilie d'approcher.

« *Ce coffre contient un fragment important de ton histoire. Mais avant de l'ouvrir, lis ceci.* »

Elle posa un livre ancien devant Émilie, sa reliure de cuir craquelé marquée du sceau des Simonon. Les mains tremblantes, Émilie tourna les pages jaunies, découvrant des récits de batailles contre des forces obscures, des pactes secrets et des sacrifices héroïques. Une illustration attira particulièrement son attention : une femme portant une amulette identique à la sienne, debout devant l'Arbor Aeternum.

« *Elle s'appelait Claire Simonon,* » expliqua Béatrice. « *Elle a scellé l'équilibre entre la lumière et l'ombre il y a plusieurs siècles. Sa mission était de protéger l'Arbor Aeternum des forces qui cherchaient à s'en emparer. Et maintenant, Émilie, cette responsabilité t'appartient.* »

Avec une hésitation palpable, Émilie ouvrit la boîte en métal. À l'intérieur, un fragment de cristal brillait d'une lumière douce et apaisante. Dès qu'elle le toucha, une vague d'énergie la traversa, et des visions s'imposèrent à son esprit : l'Arbor Aeternum, ses racines s'enfonçant profondément dans la terre, et des batailles épiques entre lumière et ténèbres. Elle vit également des visages familiers : celui de Claire, mais aussi des silhouettes qui semblaient lui parler, comme des échos de son propre passé.

Lorsqu'elle rouvrit les yeux, Béatrice l'observait avec intensité. « *Ce fragment, combiné à ton amulette, te donnera la force d'affronter ce qui t'attend. Mais souviens-toi : il ne s'agit pas de vaincre les ténèbres. Il s'agit de maintenir l'équilibre.* »

Alors qu'elles remontaient à la surface, Émilie sentit un changement dans l'air. Le crépuscule s'installait, et une brume étrange enveloppait la ville. Sur les marches de la cathédrale, Béatrice s'arrêta, son expression grave.

« L'Ombre sait que tu es proche de l'Arbor Aeternum. Elle fera tout pour t'empêcher d'y arriver. Mais tu n'es pas seule. Les Simonon ont toujours agi dans l'ombre, mais leur force est en toi. Fais-leur honneur, Émilie. »

Shiro grogna doucement, signe qu'il percevait une menace à venir. Émilie posa une main sur sa tête pour le rassurer. *« Je comprends maintenant. Ce n'est pas une bataille que je mène seule, mais en héritière de toute une lignée. »*

Béatrice disparut dans la brume, laissant Émilie et Shiro seuls. L'amulette dans la poche d'Émilie émit une vibration, comme pour lui indiquer la direction à suivre. Serrant le fragment contre elle, elle se mit en marche, consciente que chaque pas la rapprochait de l'Arbor Aeternum et de l'affrontement final.

Chapitre 21 : L'Ombre et la Lumière

La nuit régnait sur Liège, imposant un silence chargé de tension. Les ruelles pavées, baignées dans une pénombre épaisse, semblaient plus menaçantes que jamais. Émilie marchait d'un pas hésitant, sa main serrée autour de l'amulette qui pulsait faiblement. Shiro avançait à ses côtés, le pelage hérissé, ses pupilles fendues analysant chaque ombre mouvante.

Ils arrivèrent sur la place Saint-Lambert, déserte et étrangement froide. Une lueur blafarde illuminait le parvis, projetant des ombres allongées sur les murs des bâtiments environnants. Au centre, une silhouette encapuchonnée se tenait immobile, dégageant une aura sombre et oppressante.

« Émilie Simonon, descendante des gardiens de la lumière, » déclara la silhouette d'une voix caverneuse qui semblait émaner de tous côtés. *« Tu es enfin là. Mais ta quête s'arrête ici. »*

Émilie raffermit sa prise sur l'amulette, sentant sa chaleur familière se diffuser dans sa paume. Malgré la peur qui nouait son estomac, elle releva la tête avec détermination. *« Je ne suis pas ici pour fuir. Si tu penses que je vais reculer, tu te trompes. »*

L'Ombre éclata d'un rire sinistre, faisant vibrer l'air autour d'eux. Sans prévenir, elle tendit un bras, projetant une vague d'énergie noire qui s'écrasa sur Émilie. Elle leva l'amulette à temps pour se protéger, mais la force du choc la fit reculer de plusieurs pas, ses pieds dérapant sur le pavé.

« Ta lumière est faible, gardienne. Tu ne fais pas le poids face aux ténèbres qui me nourrissent. »

Shiro bondit en avant, ses griffes étincelant d'une lueur éthérée. Il attaqua avec une agilité féroce, ses mouvements rapides créant des arcs lumineux dans l'obscurité. L'Ombre riposta avec une brutalité implacable, ses appendices sombres frappant Shiro avec une force dévastatrice. Le chat fut projeté au sol, mais se releva aussitôt, grognant faiblement.

« Laisse-le, » cria Émilie, brandissant l'amulette. Une onde lumineuse jaillit, dispersant temporairement les ténèbres autour d'eux. L'Ombre recula d'un pas, mais son rire méprisant résonna de nouveau.

L'Ombre intensifia ses attaques, déployant des vagues successives d'énergie sombre qui enveloppaient la place. Émilie esquiva du mieux qu'elle put, mais les assauts étaient trop rapides, trop puissants. Une explosion la projeta violemment contre un mur, lui coupant le souffle. Elle sentit une douleur vive traverser son bras alors qu'elle tentait de se relever.

« Tu es faible, Émilie, » grogna l'Ombre en avançant lentement vers elle. *« Comme tous les Simonon avant toi. Votre lignée n'est qu'un vestige pathétique de ce qu'elle était autrefois. Les ténèbres sont l'avenir. »*

« Non... » murmura Émilie, sa voix à peine audible. Elle planta ses genoux au sol, s'appuyant sur l'amulette pour ne pas s'effondrer complètement. *« Ce n'est pas vrai. Tant qu'il y aura de la lumière, il y aura de l'espoir. »*

Dans un éclair de mouvement, l'Ombre lança une attaque finale. Une lame d'énergie noire fendit l'air, frappant Émilie avec une force brutale. Elle s'écrasa au sol, son corps meurtri par les coups. La douleur irradiait dans tout son être, mais ce qui la blessait le plus était la certitude de son échec imminent.

L'Ombre se pencha sur elle, triomphante. *« Regarde-toi. Tu es brisée. Tes ancêtres seraient honteux de voir ce que leur héritage est devenu. »*

Émilie releva péniblement la tête, ses yeux brûlant d'un mélange de colère et de défi. *« Non. Je ne suis pas vaincue. La lumière triomphera toujours, tôt ou tard. Tu peux me frapper encore, mais tu ne briseras jamais ce que je représente. »*

L'Ombre s'arrêta un instant, comme si ces mots l'avaient troublée, avant de reculer lentement. *« Alors reste là, dans la poussière, à méditer sur ta faiblesse. Nous nous reverrons, Émilie Simonon. Et la prochaine fois, je détruirai ce qu'il reste de toi. »*

Lentement, l'Ombre se fondit dans les ténèbres, laissant la place vide et silencieuse. Émilie resta étendue sur le sol, son souffle court, le corps endolori. Elle sentit Shiro ramper jusqu'à elle, frottant doucement sa tête contre son bras pour la réconforter.

Allongée sur le pavé froid, Émilie fixa le ciel étoilé au-dessus d'elle, son esprit tourbillonnant entre douleur et résignation. Mais une étincelle de détermination persistait en elle. Ce n'était qu'une bataille, pas la guerre. Les Simonon avaient toujours agi dans l'ombre, mais ils n'avaient jamais abandonné. Elle ne serait pas différente.

« Nous avons perdu cette manche, Shiro, » murmura-t-elle, sa voix rauque mais déterminée. *« Mais la lumière brillera de nouveau. Je le promets. »*

Elle serra l'amulette dans sa main tremblante, sentant sa chaleur faible mais constante. Avec l'aide de Shiro, elle se redressa lentement, vacillant sur ses jambes. Le combat final approchait, et elle savait qu'elle aurait besoin de tout son courage, de toute sa force, et peut-être de ses alliés pour surmonter l'Ombre.

Alors qu'elle s'éloignait, laissant derrière elle la place Saint-Lambert, une pensée claire traversa son esprit : *« Les Simonon n'abandonnent jamais. »*

Chapitre 22 : Les Alliées de la Lumière

La nuit était encore épaisse lorsque Émilie, vacillante, atteignit une ruelle déserte. Son souffle court, ses blessures la brûlaient à chaque mouvement, mais elle s'acharnait à avancer, refusant de céder à la douleur. Derrière elle, la place Saint-Lambert était plongée dans une obscurité pesante, le rire moqueur de l'Ombre résonnant encore dans son esprit.

Shiro trottinait silencieusement à ses côtés, son pelage ébouriffé témoignant de son propre épuisement. Émilie se laissa tomber contre un mur, incapable d'aller plus loin. Ses doigts tremblants effleurèrent l'amulette, qui émettait une lueur vacillante, presque éteinte.

« Je n'y arriverai pas seule... » murmura-t-elle, le poids de son échec l'accablant.

Un frisson parcourut l'air, et une voix douce, empreinte de chaleur et de force, fendit le silence : *« Émilie, relève-toi. »*

Surprise, Émilie ouvrit les yeux pour voir une silhouette familière s'avancer dans l'ombre. C'était Betty, la Sorcière de Bassenge, dont les traits sévères étaient adoucis par une lumière rassurante émanant de son bâton. À ses côtés se tenaient Laurence et sa mère, leurs regards empreints d'une détermination farouche.

« *Nous sommes là pour toi, Émilie,* » déclara Betty en tendant une main ferme. « *Tu n'es pas seule dans cette bataille.* »

Laurence, sa voix plus douce mais tout aussi résolue, ajouta : « *L'Ombre croit que te briser suffira à éteindre la lumière. Mais elle ne sait rien de la force que nous pouvons unir.* »

Émilie sentit une vague d'émotion l'envahir, mêlant gratitude et espoir. Avec l'aide de Betty, elle se redressa lentement, son corps protestant contre chaque mouvement. « *Merci... à vous trois.* »

La mère de Laurence, qui jusqu'alors n'avait rien dit, posa une main compatissante sur l'épaule d'Émilie. « *Nous savons ce que signifie ton combat. Tu es la gardienne, descendante d'une lignée de protecteur, et ton fardeau est immense. Mais tu portes aussi leur force. N'oublie jamais cela.* »

Les quatre femmes, accompagnées de Shiro, se regroupèrent dans une maison abandonnée pour réfléchir. Betty déroula une vieille carte de Liège, marquée de symboles occultes. Elle pointa un cercle entourant la place Saint-Lambert. « *L'Ombre tire son pouvoir de cette convergence mystique. C'est là que l'Arbor Aeternum, ou du moins ses racines, influe sur l'équilibre des énergies.* »

Laurence hocha la tête. « *Si nous voulons l'affaiblir, nous devons perturber cette connexion. Mais cela nécessite une synchronisation parfaite.* »

Betty regarda Émilie avec gravité. *« Toi seule peux utiliser l'amulette pour briser son ancrage. Mais tu auras besoin de temps. Nous le distraierons. »*

Émilie, bien qu'encore affaiblie, acquiesça. *« Si vous pouvez me donner cette chance, je ferai tout pour réussir. »*

Le groupe retourna sur la place Saint-Lambert, où l'Ombre attendait, grandiose et menaçante. Son aura noire s'étendait comme une marée, rongeant la lumière des réverbères alentour.

« Tu oses revenir ? » rugit-elle, sa voix résonnant comme un orage. *« Et cette fois, tu amènes des alliées faibles. Pathétique. »*

Betty s'avança, son bâton crépitant d'énergie lumineuse. *« La lumière n'est jamais faible. Elle est inébranlable, même dans les ténèbres les plus profondes. »*

L'Ombre répondit par une vague d'énergie noire qui déferla sur le groupe. Laurence dressa un bouclier magique, absorbant l'attaque, tandis que Shiro bondit pour détourner une autre offensive. La bataille commença, féroce et désordonnée.

Betty menait l'assaut, lançant des éclairs de lumière pure pour repousser les tentacules de l'Ombre. Laurence et sa mère travaillaient en tandem, leurs sorts s'entrelaçant pour créer des explosions de lumière qui éclairaient brièvement la place comme en plein jour.

Shiro, agile et implacable, se jetait sur les appendices de l'Ombre, les lacérant avec une précision presque surnaturelle. Pourtant, malgré leurs efforts, l'Ombre se révélait incroyablement résistante.

« C'est à toi, Émilie ! » hurla Betty en parant une nouvelle attaque. *« Nous ne pourrons pas tenir indéfiniment ! »*

Émilie se précipita vers le centre de la place, où l'énergie sombre semblait converger. L'amulette dans sa main brillait faiblement, mais elle sentait son pouvoir augmenter à mesure qu'elle s'approchait. Elle ferma les yeux, récitant les mots que Béatrice lui avait enseignés :

« Per lucem et umbram unitas, aequilibrium restituatur. »

Une lumière éclatante jaillit de l'amulette, projetant des rayons dans toutes les directions. L'Ombre hurla, reculant sous l'intensité de la lumière. Pour un instant, il sembla qu'ils avaient réussi à l'affaiblir.

Mais l'Ombre, loin d'être vaincue, reprit rapidement sa forme, plus grande et plus menaçante qu'auparavant. *« Tu crois pouvoir me vaincre ? Je suis éternelle, comme les ténèbres qui m'ont engendrée. »*

D'un geste brutal, elle envoya Betty et Laurence valser dans les airs, brisant leur formation. Émilie sentit une vague de désespoir l'envahir. *« Non... pas encore... »*

Malgré leurs efforts héroïques, l'Ombre domina rapidement le combat. Laurence et sa mère étaient au sol, leurs forces presque épuisées. Betty, bien qu'encore debout, vacillait, son bâton fissuré par l'intensité de la bataille.

L'Ombre s'avança vers Émilie, levant un bras pour porter le coup final. Shiro bondit pour l'intercepter, mais fut repoussé avec une force écrasante. L'Ombre s'arrêta au-dessus d'Émilie, sa silhouette massive obscurcissant la faible lueur de l'amulette.

« C'est fini, Émilie Simonon. Ta lumière s'éteint ici. »

Mais même à genoux, brisée, Émilie leva les yeux, son regard brûlant de défi. *« Tu te trompes. La lumière ne s'éteint jamais. Même dans l'obscurité la plus profonde, elle trouve toujours un moyen de briller. »*

L'Ombre recula légèrement, troublée par la conviction dans sa voix. *« Tu es naïve. Mais je te laisserai vivre pour que tu vois ta propre défaite dans toute sa gloire. »*

Émilie se redressa difficilement, soutenue par Betty et Laurence, tandis que l'Ombre continuait de dominer la place Saint-Lambert. Ses appendices noirs ondulaient dans l'air, projetant des ombres inquiétantes sur les façades environnantes. L'atmosphère était lourde, saturée d'énergie sombre.

« Nous avons perdu du terrain, » murmura Betty, ses traits marqués par l'effort. *« Mais ce n'est pas terminé. Nous devons tenir. »*

Laurence, haletante, serra son bâton entre ses mains tremblantes. *« Elle tire sa force de ce lieu... Nous devons la couper de cette source, ou elle nous écrasera. »*

Émilie, malgré ses blessures, raffermit sa prise sur l'amulette, qui pulsait faiblement dans sa paume. Son regard brûlait d'une détermination farouche. *« La lumière brillera toujours, même ici. Nous ne pouvons pas fuir. Pas maintenant. »*

L'Ombre, consciente de leur désarroi, éclata d'un rire glacial qui résonna dans toute la place. *« Vous persistez à croire que vous avez une chance ? Pauvres folles. Vos forces s'épuisent, et bientôt, vous ne serez que des souvenirs balayés par les ténèbres. »*

Betty jeta un regard à Émilie et Laurence, son expression grave mais résolue. *« Nous devons tenir bon. Nous ne lui permettrons pas de triompher. »*

Laurence hocha la tête, se repositionnant pour protéger Émilie tandis que Betty incantait un nouveau sort. Une barrière de lumière jaillit autour des trois femmes, les enveloppant temporairement d'une protection vacillante.

« Utilise l'amulette, Émilie, » implora Laurence. *« Fais-la briller comme jamais auparavant ! C'est notre seule chance de l'affaiblir. »*

L'Ombre se précipita sur eux, ses appendices sombres martelant la barrière. Chaque impact faisait trembler le sol, érodant lentement leur protection. Le combat était loin d'être terminé, mais Émilie serra les dents, galvanisée par la conviction qu'elles pouvaient encore résister.

« Je ne laisserai pas les ténèbres gagner. Pas ici, pas maintenant. »

Alors que l'Ombre redoublait d'efforts pour briser leur défense, la lueur vacillante de l'amulette d'Émilie commença à croître, illuminant la place d'un éclat doré qui fendait la nuit. Le combat, plus acharné que jamais, continuait de faire rage, chaque instant rapprochant les protagonistes d'un dénouement inévitable.

Chapitre 23 : La bataille finale

La place Saint-Lambert était un champ de bataille, où la lumière et les ténèbres s'affrontaient dans une lutte acharnée. L'Ombre, immense et triomphante, dominait les lieux, étouffant toute tentative de résistance sous son aura écrasante. Émilie, à genoux, ses forces réduites à néant, fixait l'amulette faiblement scintillante dans sa main tremblante. Betty et Laurence gisaient non loin, épuisées, leurs sorts incapables de contenir plus longtemps l'assaut de l'Ombre.

Alors que tout semblait perdu, un mouvement attira l'attention d'Émilie. Shiro, son fidèle compagnon, avançait lentement mais avec détermination. Ses yeux émeraude brillaient d'une lueur féroce, et son petit corps félin dégageait une énergie qu'Émilie n'avait jamais perçue auparavant.

Shiro bondit soudainement, ses pattes se refermant sur l'amulette. L'instant où il la toucha déclencha une explosion de lumière si intense qu'elle illumina la place tout entière. Émilie et les sorcières détournèrent les yeux, aveuglées par l'éclat.

Quand la lumière se dissipa, un silence s'installa. Là où se trouvait Shiro se dressait une silhouette humaine, fière et imposante. Ses cheveux noirs retombaient en mèches désordonnées, ses yeux étincelaient d'un vert surnaturel, et des oreilles félines pointaient au sommet de sa tête. Il portait une longue cape sombre ornée de motifs lumineux, comme si la lumière et l'ombre coexistaient en lui.

Émilie, bouche bée, murmura :
« *Shiro !!!* »

L'homme se tourna vers elle, un sourire rassurant aux lèvres. Sa voix, grave mais douce, résonna avec une sérénité surprenante.
« *Toujours à tes côtés, Émilie. Mais cette fois, laisse-moi te protéger.* »

L'Ombre, jusque-là figée par l'éclat de la transformation, se mit à bouillonner de rage. « *Tu crois qu'un simple changement de forme suffira à me vaincre ? Je suis l'incarnation des ténèbres !* »

Shiro leva une main, une sphère de lumière et d'ombre s'y formant lentement. « *Et moi, je suis l'équilibre que tu ne pourras jamais briser.* »

Il bondit avec une agilité fulgurante, frappant l'Ombre avec une précision déconcertante. Chaque mouvement était un mélange parfait de force brute et de grâce féline, et chaque attaque semblait déstabiliser un peu plus l'entité. Les sorcières, bien qu'épuisées, reprirent espoir et se levèrent pour prêter main-forte.

Betty lança un sort de protection autour d'Émilie, tandis que Laurence canalisa ses dernières forces pour créer des éclairs lumineux qui affaiblissaient l'Ombre à chaque impact. Émilie, toujours en retrait, se concentra sur l'amulette, la serrant entre ses mains pour puiser dans sa lueur vacillante.

Shiro, au centre de la bataille, semblait invincible. Il esquivait les tentacules de l'Ombre avec une facilité déconcertante, les détruisant d'un simple geste avant qu'ils ne puissent atteindre leurs cibles. Cependant, malgré sa puissance, l'Ombre persistait, refusant de céder.

« *Vous ne pouvez pas me détruire !* » hurla l'Ombre, sa voix résonnant comme un tonnerre. Elle concentra toute son énergie dans une ultime attaque, un gigantesque pilier d'ombre qui s'abattit sur Shiro.

Shiro, pourtant rapide, fut frappé de plein fouet. Il s'écroula au sol, son souffle coupé, mais ses yeux restèrent déterminés. Émilie cria son nom, se précipitant vers lui malgré la barrière de Betty.

« *Non, Émilie !* » hurla Betty. « *Reste en arrière !* »

Mais il était trop tard. Émilie atteignit Shiro, se jetant à genoux à ses côtés. « *Shiro, tu ne peux pas abandonner ! Nous avons besoin de toi !* »

Shiro leva doucement une main pour effleurer le visage d'Émilie. « *Ce n'est pas fini, Émilie. Tu es la clé. Utilise l'amulette... Ensemble, nous pouvons l'arrêter.* »

Émilie sentit une vague de chaleur l'envahir lorsque Shiro posa sa main sur l'amulette. Une énergie incroyable circula entre eux, mêlant lumière et ombre en une seule force.

Ensemble, ils récitèrent l'incantation :
« Par la lumière et l'ombre unies, que l'équilibre soit rétabli. »

Une explosion de puissance pure jaillit de l'amulette, enveloppant Shiro et Émilie dans une aura éblouissante. L'Ombre, frappée de plein fouet, hurla de douleur, sa forme se désintégrant lentement.

« Non ! Ce n'est pas possible ! »

La lumière continua de croître, jusqu'à envelopper toute la place. Lorsque l'éclat s'estompa, l'Ombre avait disparu. La ville était silencieuse, baignée dans une douce lueur dorée.

Shiro s'effondra, reprenant sa forme féline, épuisé mais vivant. Émilie le prit dans ses bras, des larmes de gratitude roulant sur ses joues. *« Merci, Shiro. Tu nous as sauvés. »*

Betty et Laurence s'approchèrent, leurs visages marqués par l'effort mais illuminés d'un sourire. *« Nous l'avons fait, »* murmura Betty.

Alors que l'aube se levait sur Liège, un sentiment de paix et de renouveau envahissait la ville.

Les habitants, encore inconscients des événements extraordinaires, commencèrent à émerger de leurs maisons, accueillant un nouveau jour.

Émilie, regardant le ciel, serra Shiro contre elle. *« Nous avons réussi. Et tant que nous serons ensemble, rien ne pourra nous arrêter. »*

La place Saint-Lambert portait les stigmates de la bataille, mais un calme étrange régnait. L'Ombre, après une lutte acharnée, avait été vaincue par la lumière et l'ombre réunies. Émilie, Shiro, Betty, Laurence, et la mère de cette dernière se tenaient là, épuisés mais triomphants, sous les premiers rayons du soleil.

Alors qu'Émilie tenait Shiro contre elle, Betty s'approcha, les yeux brillants d'un mélange d'étonnement et d'émotion. Elle s'agenouilla doucement devant le petit chat, désormais endormi mais vivant. En posant une main tremblante sur sa tête, elle murmura :
« C'est impossible... Ce chat, je le connais. Il appartenait à mon fils, Vincent. »

Émilie releva les yeux vers Betty, confuse mais curieuse. *« Votre fils ? Que voulez-vous dire ? »*

Betty sourit tristement, son regard plongé dans le passé. *« Vincent était mon fils. Il est parti depuis longtemps, mais avant cela, il avait un chat. Un compagnon qui ne le quittait jamais. Ce chat, c'était Shiro. Je ne comprends pas comment, ni pourquoi, mais il est revenu pour veiller sur toi, Émilie. Et maintenant, je comprends pourquoi. »*

La gorge serrée, Émilie regarda Shiro. *« Il a toujours été là pour moi, même quand je ne savais pas d'où venait sa force. »*

Betty poursuivit, la voix tremblante : *« Et toi, Émilie... Je le savais dans mon cœur, mais maintenant j'en suis certaine. Tu fais partie de ma famille. La lignée des Simonon est unie à la mienne. Nous avons été séparées par les siècles, mais aujourd'hui, nous sommes réunies. »*

Émilie, les yeux humides, serra Betty dans ses bras. *« Cela explique tant de choses... Je comprends maintenant pourquoi je me suis toujours sentie attirée par cette mission. C'est comme si mon âme savait que je vous cherchais. »*

Alors que les premiers rayons du jour réchauffaient la place, Émilie se tourna vers Shiro. Elle le prit doucement dans ses bras, ses larmes coulant librement. *« Merci, Shiro. Merci pour tout ce que tu as fait. Tu es plus qu'un compagnon, tu es mon héros. »*

Ses doigts caressèrent le pelage de Shiro tandis qu'elle murmurait :
« Je t'aime, mon chat adoré. Tu n'es peut-être plus celui que tu étais autrefois, mais je sais que ton cœur est resté le même. Merci d'avoir été là pour moi, pour nous. Merci d'avoir illuminé ma vie, même dans les ténèbres les plus profondes. »

Ces mots étaient plus qu'un hommage d'Émilie à son compagnon ; ils portaient une vérité plus vaste, celle d'un auteur rendant hommage à un être qui avait laissé une marque indélébile dans sa vie.

Alors que Betty, Laurence, et Émilie contemplaient les ruines de la place Saint-Lambert, une chaleur nouvelle envahissait leur cœur. La lumière du jour chassait doucement les ténèbres de la nuit, et un sentiment de renouveau s'installait dans la ville de Liège.

Les habitants émergeaient lentement de leurs demeures, inconscients du combat titanesque qui venait de se jouer. Pour eux, c'était un nouveau jour, mais pour Émilie, c'était une victoire, un tournant, un nouveau chapitre dans son histoire.

Tandis que le soleil s'élevait dans le ciel, Émilie leva les yeux, serrant Shiro contre elle. Elle chuchota doucement : *« Nous avons réussi. Et tant que tu seras avec moi, Shiro, je saurai que nous pouvons affronter n'importe quelle ombre. »*

Betty posa une main sur son épaule. *« Tu as accompli quelque chose que même tes ancêtres n'auraient osé espérer. L'équilibre est rétabli. Mais souviens-toi, Émilie, le vrai combat, c'est de le préserver. »*

Émilie acquiesça, le regard fixé sur l'horizon. Pour la première fois depuis longtemps, elle se sentait entière, entourée d'une famille qu'elle n'avait jamais connue et guidée par un compagnon qui, contre toute attente, avait changé son destin.

Le soleil baignait maintenant toute la place, promettant un avenir où la lumière et l'ombre danseraient enfin en harmonie.

« Merci, Shiro, » murmura-t-elle une dernière fois. *« Merci pour tout. Tu ne seras jamais oublié. »*